我想要的，只是一個擁抱而已

橘子

序

那時候的我們都還是好的

那時候的我們都還是好的。

那時候的我們都還是好的，通常是三個人，有時候四個人，偶爾會有五個人，全員到齊時則會有八個，還有一次，只有兩個人；沒有友達以上、戀人未滿的枝枝節節，所以可以單獨上電影院看《海角七號》，聽著范逸臣低吼：去他媽的台北。又或者女主角哭喊：你為什麼要欺負我？也可以單獨在棒球場邊嗑泡菜、啃飯糰，搖旗吶喊中華隊加油，和前後左右陌生的同胞擊掌加油；比賽過後心碎之餘還務實的問：臉頰上的國旗轉印貼紙用洗面乳就可以嗎？

因為那時候的我們都還是好的，那時候的我們心底都各自有著別人，如今那些曾經各自被擺在心底的人，有的當媽了，有的當爸了，有的還單身，有的情感穩定了卻遲遲不走進婚姻。

而擁抱這故事，故事裡的男人，就是那麼被擺在心底很久的人。

一個眼神，一段談話，擁抱這故事，在二〇〇七年的那個夜裡開始成型。

那是我們一群人還會上夜店喝酒的時光，那是一個照例就近找了間咖啡館待著醒酒等天亮的夜晚，那是我當時最好的朋友，話題不知怎麼轉啊扯的，她說起了那個在她心底待了好久的男人，她當時說的不是她對他的感情，她當時只說了一段敘述，那段敘述後來變成擁抱書裡男主角和訓導主任飛車追逐的畫面，而她當下在咖啡館裡望向窗外的那個眼神，則觸動了我心底的什麼，最後，擁抱從一個在我腦海裡糊糊模模形成的虛構故事，最終明確成了一本小說，它至今依舊是我花過最多時間、最多心力所寫下的作品，我查了資料、打了電話、排了時間順序，我去了台北，去了彰化，甚至還神經的跑了趟高雄、只為了看一眼愛河的夕陽。

而那時候的我們，都還是好的。

我被問過很多次『靈感怎麼來的』這問題，而每一次我其實都回答得為難、給不出個漂亮答案，終究便不再回答這一類制式化的問題，因為確實我不太思考過這個問題，靈感就是這麼來了，不用特別去找，也辦不到特別去找，因為不是刻意就能找到。不過關於擁抱這一本書、這個問題，我如今依舊很明確的記得：那就是開始於一個眼神，一段談話，一個等待酒醒的夜晚，以及，一個被擱在心底、愛了好久的男人：曾經是個校園裡的風雲人物，後來在慢慢長大的過程當中，變成了一個戴上眼鏡、相貌斯文、談吐風趣但稍嫌不太正經的高大男人，而、這正是我最初見到他時的形象，性格十分務實、卻想著要賺大錢，是個非常痞的保險經紀人，開的休旅車卻沒話說的車裡車外都非常乾淨，會為了便宜一些錢繞了好久的路找全聯……我想也沒想過他在少年時曾經是那麼樣令大人頭痛的一個不良少年，我想起我曾經也遇過那麼樣的一個少年。

兩個成長經歷相似的男孩、合而為一變成了擁抱書裡的男主角，後來我有點分辨不出哪些是他們真實存在過的回憶、哪些是我自己為了讓故事繼續所虛構出來的情節，我甚至記不清楚是不是從一開始就打算要寫續集？又或者是從哪一封信開始想要寫個續集？不過關於兩位的後來，我記得很清楚的是：一位就這麼從彰化去了台北，儘管換了工作、繞了個彎又回到原點，卻始終留在台北；另一位則迷惘過、害怕過，終究放棄一切從台北去了日本、最終卻又回到高雄做著他最愛的音樂相關工作，也就是《妳想要的，只是我的後悔嗎？》開場白裡曹正彥寄出的那封信，那原型。

在《我想要的，只是一個擁抱而已》出版之後、在《妳想要的，只是我的後悔嗎？》開啟之前，曾經我也收過這麼一封讀者來信，在信裡，他／她問我：後來的曹正彥，他過得怎麼樣？

這是我寫作十幾年來，印象最深刻的一封讀者來信。

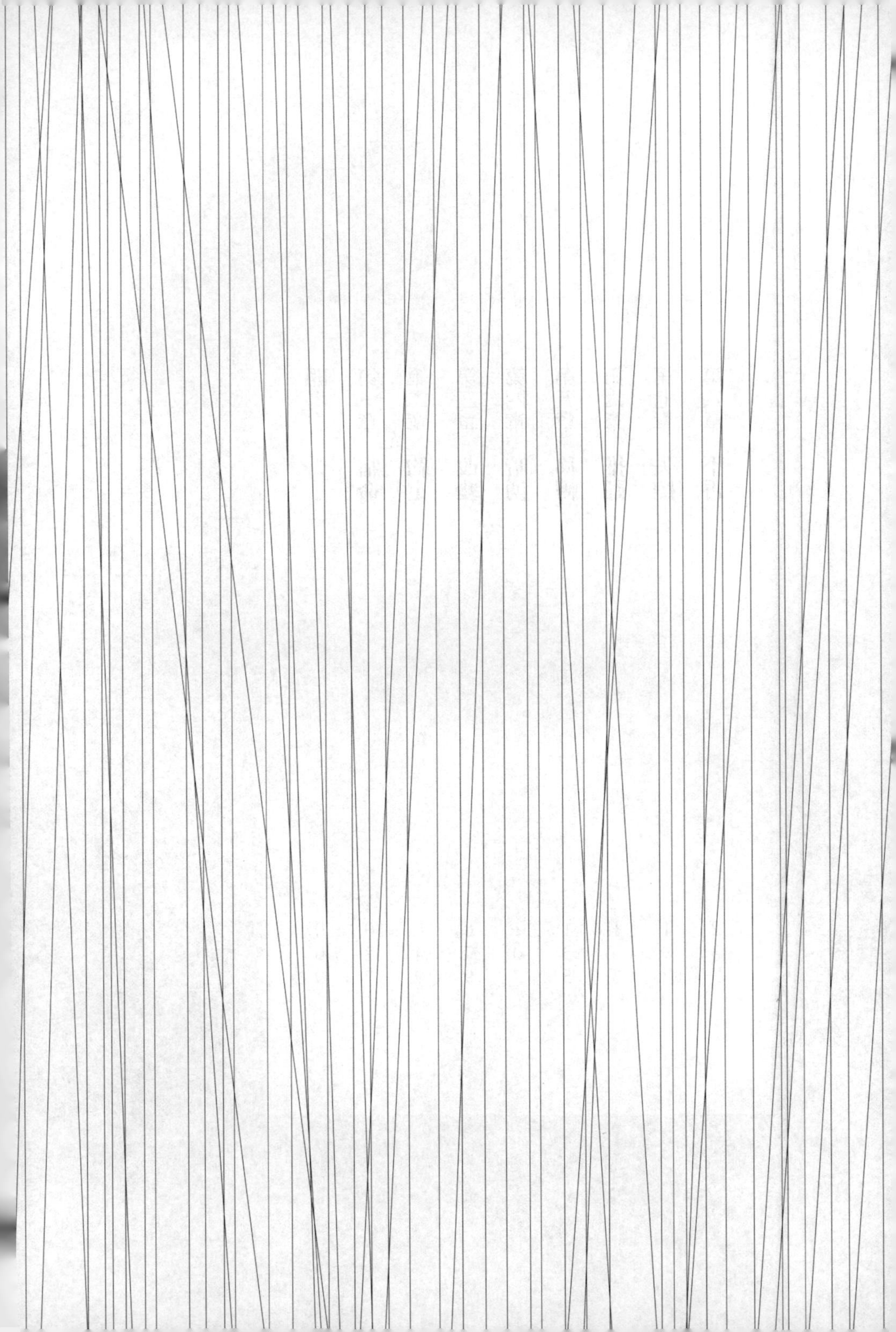

開場白

給我一個，重新認識你的機會。

之一
曹正彥

當我接到她的電話時只覺得錯愕以及不解，直到掛上電話時依舊是；因為首先，我們連認識都稱不上是，不，更正確的說法是：知道，但不認識。

我知道她的名字，因為這名字擁有某種程度的知名度，這名字拍過幾部電影，上過幾次訪問，露過幾次臉，還有，消失了很久，久到不再被談論，卻又還不至於被完全性遺忘的那種程度。

我和這名字的主人見過一次面，是工作的場合，不是記者會就是什麼商業派對之類的工作場合，沒記錯的話當時我才剛進唱片公司工作，有個很厲害的辦公室，很厲害的名片 title，往來很厲害的名人，手中有還不錯的資源運用，雖然比起當時的她來、還算有那麼一點的小巫見大巫，不過總歸而言、已經算是相當厲害的人生了，對於這樣的一個我而言。

為什麼？

在電話的開頭，她先確認是我本人之後，接著在沙啞的聲音裡她簡短的自我介紹，然後略略的說了些我聽不懂的理由，最後她問我今天方不方便見個面做為這通突兀電話的結束。

在電話裡她的用語很有禮貌並且客氣，可是她的聲音卻明顯藏不住的、明顯藏不住的什麼，感覺很像寒流來襲時的冬天，太陽是在天空露臉了，可是溫度依舊教人哆嗦那樣；並且，就算只是透過聲音而非見到本人，依舊明顯感覺得出她有種不允許被拒絕的姿態，與生俱來的那種。

姿態。

所以我沒有拒絕她，我於是答應她，在短短一分鐘不到的通話之後，而時間是早上九點過一會，我記得很清楚，因為這通常是我起床的時間，當然前提是如果我還有工作的話。

為什麼？

我失業已經將近一個月了，部門裁撤是原因，而其實對於這結果我完全不感到意外，因為唱片業已經不景氣很久了，太久了，主流的流行音樂都已經風光不再了，更何況是我們這進口非主流樂團搖滾的部門？

我沒有趕上音樂界的美好年代、大牌歌手動輒唱出百萬銷售量的美好年代、歌手所要做的只是把歌唱好的單純年代，對於這點其實我是沒有什麼好抱怨的，因為反正我也沒有貢獻過幾張鈔票在主流音樂上，我買的是唱盤，還有原版的搖滾樂團CD。

我只是有點難過我這幾年經手進口的唱片不再會有被欣賞的機會，就算只是被擺在唱片行角落等待著少少的人將它們拿起的機會也沒有了，而那些真的都是非常好的樂團、非常棒的音樂哪！Underworld, Chemical brothers, orbital, prodigy, faithless, Infusion……數不清哪。

為什麼？

起床，慢吞吞的我洗臉、刮鬍子，因為時間很多的關係，我甚至又沖了一遍澡，接著把音響開到最大，在廚房裡我給自己煎了兩顆太陽蛋和培根，切了一片厚火腿和起司，然後裝盤，接著從冰箱裡拿出可樂打開瓶蓋，就著音樂吃個搖滾味的早餐。

雖然已經儘可能刻意的放慢速度吃早餐了，可是距離約定的時間還是很久，久到足夠我再一次猶豫要不要回高雄老家的決定？嘆了口氣，這個問題再一次的困擾住我，於是點了根菸，我抽，當菸捻熄時，這老困擾竟也奇異的消失殆盡了，真好，每次都管用。

關了音樂，洗了盤子，把可樂的罐子丟到資源回收桶之後，我要自己先出門去走一走，本來是打算散步去到健身房的，結果卻不知不覺的漫無目的地亂走了起來，就這麼亂走直到約定的時間將近時，我於是停下腳步想了想正確的方向，然後轉身換了個方向，我繼續走，走向和她的再見面。

為什麼？

約定見面的時間是下午三點鐘，而她挑了「N.Y Bagel」這地方，我想要不是她住在這附近的話，就是因為這裡全天候提供美式早餐的緣故吧？她感覺上就是這時間才吃早餐的那種人。

我猜她大概也是那種無論醒在幾點、但第一餐絕對是要吃早餐的人。

我大概提早了十分鐘左右到達，本來估計是要等她等上一陣子的，因為除了她的電影之外、很會遲到是我（或許還包括所有人也不一定）對她的第二印象，然而結果當我推開大門時，卻驚訝的發現她已經到了。

驚訝。

一推開大門首先我第一眼看見的人就是她，而她並沒有認出我來；嚴格說起來她算是美人的那一型，白皙、大眼、高且瘦，可不知怎麼的、所謂美人這元素在她身上卻反而薄弱，薄弱到甚至令人緊張，好像不要恭維她這點比較好的那種。

緊張。

為什麼？

「嗨！妳好，我是曹正彥。」

走向她、我說，接著她抬頭，有點困惑的望著我，彷彿她預期見到的並不是她眼前的這個我那樣、困惑；我當下有種想要立刻掉頭走掉的困窘感，我已經很久沒有這樣了。

短短一分鐘不到的見面，她甚至連句話也沒說，但卻能夠清楚的感覺到，這是個能夠輕易左右別人情緒的女人。

清楚的感覺到。

『你好，先點些什麼吃吧。』

她說。簡明扼要，不多餘也不客套，很像她的電影，或者應該說是、她這個人會有的作風。

點頭，坐定，點餐，抽菸。

直到我的餐點送上之前，她都沒再開口說任何一句話，僅是默默的抽菸，還有，喝咖啡；雖然隱約感覺到她好像會生氣的樣子，不過我還是筆直的打量著就坐在我眼前的她：馬尾素淨的紮在腦後，沒猜錯的話應該只是用黑色橡皮筋綁著吧？

她的臉上脂粉未施，搞不好連隔離霜也沒上的那種脂粉未施，她穿著灰色的棉質長褲，上身是無袖的白色T恤，腳上踩著運動便鞋，我有點佩服她的自在穿著，除了在健身房以外、我的眼睛已經很久沒有適應過這樣自在穿著甚至是淨素臉龐的女生了。

我總是很佩服在東區還能這樣自在穿著的女生。

她還是我記憶裡的削瘦，她其實是個高䠷的女生，沒記錯的話身高應該將近一七〇，但此時坐在我對面的她看來卻嬌小，我想那大概是她駝背很嚴重的關係吧！

這是我第一次得以如此近距離的面對著她，而直到此時的此刻，我才真正具體的感覺到她真的已經消失了好幾年的這個事實；而令我自己也感到奇怪並且錯愕的是，她竟讓我想起張靖，她們長得不像，她們氣質不同，可是她竟讓我下意識的想起張靖。

為什麼？

看來她是沒有想要說話的打算，沒辦法只好由我這邊來打破沉默，於是我選擇了挑明著說：

「如果妳是想找電影配樂的話，那我已經離開唱片公司了哦。」

『唱片公司？』她看起來更困惑了，『不，可能我在電話裡沒說清楚，不過我已經很久不拍電影了。』

這下子困惑的人不只她一個了。

捻熄了菸，我看見有抹微笑浮現在她的嘴角，浮現在她的嘴角，卻沒進到她的眼底。好厲害。

『我已經很久不拍電影了。』

她又重複了一遍，然後把咖啡喝乾，喊來服務生，她要求續杯，我不知道這是她續的第幾杯咖啡，不過我留意到這年輕的服務生並沒有認出她來。

我已經很久不拍電影了。

說完這句話之後的她，感覺像是身體的某個插頭突然被插上通電了那般，把新鮮的咖啡送進嘴裡穿過胃袋之後，她突然沒頭沒腦的說起大量的話來，大量的話、用快轉的速度由她嘴裡送出，這點她倒是和以前一樣。

她講話的速度很快，快得令人壓力；無論是從前的她，又或者是此時此刻的她。

『剛開始的時候我還不太敢在公開場合露面，因為很不方便，我怕會被認出來，我怕又要聊我的電影，怕又要被追著問我的拍片計畫，甚至是連被要求評論其他人的電影我都感覺到害怕。

『沒有拍片計畫，這句話在那陣子我起碼講了幾百次那麼多，可是沒有用，因為沒有人相信，也對，因為好好的、幹嘛不拍了？也對；所以他們還是問，打電話來問，寫E-mail問，跑到工作室去問，找我親近的人問，連不親近的也問；說破嘴也沒有人相信我不拍電影了，而且你知道最好笑的是什麼嗎？說到了最後，連我自己也不相信了。』

「為什麼？」

打從接到她的電話之後，就一直困擾著我的三個字，我沒想到自己居然會挑在這個時間點問出，而且我十分確信自己是問錯時間問錯問題了，因為她看起來很不高興的樣子。

「抱歉，如果妳不想聊的話——」

『沒關係。』

打斷我，她說，然後試著微笑以緩和這緊繃的空氣，不過不太成功，顯然她自從不拍電影之後也順便忘記該怎麼微笑了。

在心底我這麼刻薄的想著。

大概是也感覺到了我的不耐煩，於是捻熄了菸，她直接了當的問：

『你記得蕭雨萱嗎？』

她問，而我，怔住。

之二
蕭雨萱

我感覺到他的不耐煩，我知道是時候了，於是捻熄了香菸，我直接了當的問他：

「你記得蕭雨萱嗎？」

我問，而他，怔住。

那怔住的表情告訴我他記得，那是個現在包含過去的表情，或者應該說是：過去瓦解於現在的表情。那正是我想要的表情。

不設防，並且，複雜的真。

純粹的複雜。

我慶幸他沒枉費我導了場好戲，因為我不要他以為主導場面的人是他，我慶幸自己導戲的功力居然還在，我於是突然有點懷念從前還是導演的那個自己，我——

妳為什麼不快樂？

我導了場好戲，在剛才。

剛才其實我是故意的，我感覺到他的防備，我察覺到他的偽裝，我甚至感受到他的氣餒、對自己的氣餒，我於是決定引導他抽離這些、以情緒，我最擅長的情緒；我故意沒頭沒腦的丟出那些大量的話語、崩壞的情緒、壓倒性的混亂，好轉移他的注意力，接著再措手不及的丟出這個問題：你認識蕭雨萱嗎？

為的是把他從防備裡引導出來，引導出他真正的情緒，還有他真實的反應；雖然我還是不明白自己為什麼需要這些？為什麼需要見他一面？因為我真正想見的人其實

妳為什麼不快樂？

我不是來欣賞他的保留，我不見得需要再一次傾聽他的故事，那確實是段精采的人生，但那也不會是最精采的人生、在我聽過的故事裡，甚至是對於我自己的人生而言；我需要的是他的眼睛，以他的眼睛看待這些那些的角度；但是他卻保留，短短不到半小時的相處，就足夠讓我深深明白眼前的這個人是個保留性格的男人。

習慣把自己保留的男人。

如果使用導演檢視演員的角度，那麼他會是個天生的演員，因為他那張上鏡頭的

好臉，他有張合適短鏡頭的好臉，因為他那雙靈魂的雙眼，甚至是他那比例恰到好處的高大身材；他會是個天生的演員，但他不會是我喜歡的演員，因為需要帶戲，他太聰明，他並且太防備，別人的聰明是好事，而他的聰明卻有捉弄你的意圖；他只開放自己願意開放的那一面，絕大多數的人是這樣，可是他不一樣，因為這件事甚至只有他自己知道；他會把戲演好，演成他自己本來就是那角色似的好，但他不會放感情，因為他保留，而那會很可惜。

可惜。

當我不解釋只表示從此不再拍戲時，每天每天聽到的就是可惜可惜可惜，可惜這個可惜那個，可惜——

妳為什麼不快樂？

『我記得，怎麼嗎？』

大約是一根菸的失措之後，他問，而我，猶豫。

凝望著他左手無名指間的舊疤痕，我聽見我身體裡的那個導演繼續作用：

「我聽小雨說過你頸後有個十字架刺青，可以借我看一下嗎？」

『妳為什麼認識小雨？為什麼突然找上我？妳到底想幹嘛！』

很明顯的，這次沒用了。
嘆了口氣，燃起香菸，在一根菸的猶豫之後，我決定據實以告：
「我不知道。」
『妳不知道？』
「對，我不知道。」我真的不知道。「我今天才回台北，從……不，我今天才到台北，打電話給你時我人還在火車上，追分火車站。」追分火車站，我故意強調這點，而他的表情讓我明白這個故意沒有白費，「我不知道為什麼我想打電話給你？我不知道為什麼我會想要見你一面？見了你之後我打算怎麼辦？但我就打了那通電話，提出要求的見面，這樣而已，希望沒有造成你的困擾。」
他沉默。
『為什麼？』
「因為小雨希望我這麼做。」
他再度沉默。
「我是個導演，但我不知道你還記得我。」
『洛希，我記得，妳很有名，我當然記得。』
「曾經很有名。」我更正他，「我試著想要儘可能正確地解釋今天的見面，可是我發現那很難，因為你和我想像中的很不一樣。」

『很不一樣？』

「很不一樣。」

他沉默，沉默的回憶著什麼的表情。

「我以為你會是二十七歲的大男孩，就算到了四十歲，也依舊是個四十歲的大男孩，這麼說、你懂我意思嗎？」

他懂，他戲謔的反問：

『結果我並不是？』

「當你把自己保留著時不是。」

『嗯。』

「於是當我發現你認出我之後，我在心底猶豫著該不該把這次的見面說成是我有部戲要拍，我準備好復出，我於是想聽聽你的故事，甚至我想邀請你加入，而那會很管用，對吧？」

『對。』

他說，坦白且直接的說，然後笑，和我想像中一模一樣的笑。

「可是我發現自己並不想要騙你。」

『嗯？』

「你很……特別。」特別。這點和小雨描述過的他一樣，特別。「所以我並不想要騙你，我是可以騙你，但我並不想要騙你。」

『為什麼？』

「因為小雨。」

『小雨怎麼會認識妳？』

「說來話長。」

『妳不想說？』

「是還沒決定要不要說。」

『那我跟妳也無話可說了。』

他說，然後起身，我看見他起身，但我看見的是，他回到過去的那個自己。

「我和小雨相處了整個三年，三年來的每一天，在醫院。」

他停下動作。

「更正確的說法是，在精神病院，或者安養院，隨便！誰在乎要怎麼正確的稱呼它。」

妳為什麼不快樂？

「我後來崩潰了，這件事沒幾個人知道，但這就是為什麼我消失那麼久的原因。」

他坐回我的對面，他問：

『小雨怎麼會在那裡？』

「不，我剛才說太快，我在精神病院，而小雨在醫院，三年前。」三年前，我故意再次強調這點，並且轉移重點，「我們朝夕相處，這就是為什麼我知道你的原因，她經常提起你，她讓我對你感覺到好奇，這就是為什麼我想見你的原因。」

『小雨後來當護士了？』

「也可以這麼說。」也可以這麼說，雖然不完全正確。「三年前，如果你還記得的話，那是你們最後一次見面，對吧？」

『七月三十一日，我記得，然後隔天，小雨就不見了。』

「你們看到藍色月亮了嗎？」

他不說。

「妳可以給我一個擁抱嗎？」

他凝望我，怔地凝望著我。

他記得。

「這是我第一次見到小雨時，她對我說的第一句話。」

『……』

「而我的反應和你一樣。」

在冗長的沉默之後，他說：

『我們沒有看到藍色月亮，我騙了小雨，我……很抱歉。』

「但你打從心底相信那天會有藍色月亮，對吧？」

他沒回答，他反問我：

『這就是妳為什麼還在今天見我的原因？七月三十一日？』

我沒回答，我反問他：

「你願意從最初的那個七月三十一日說起嗎？」

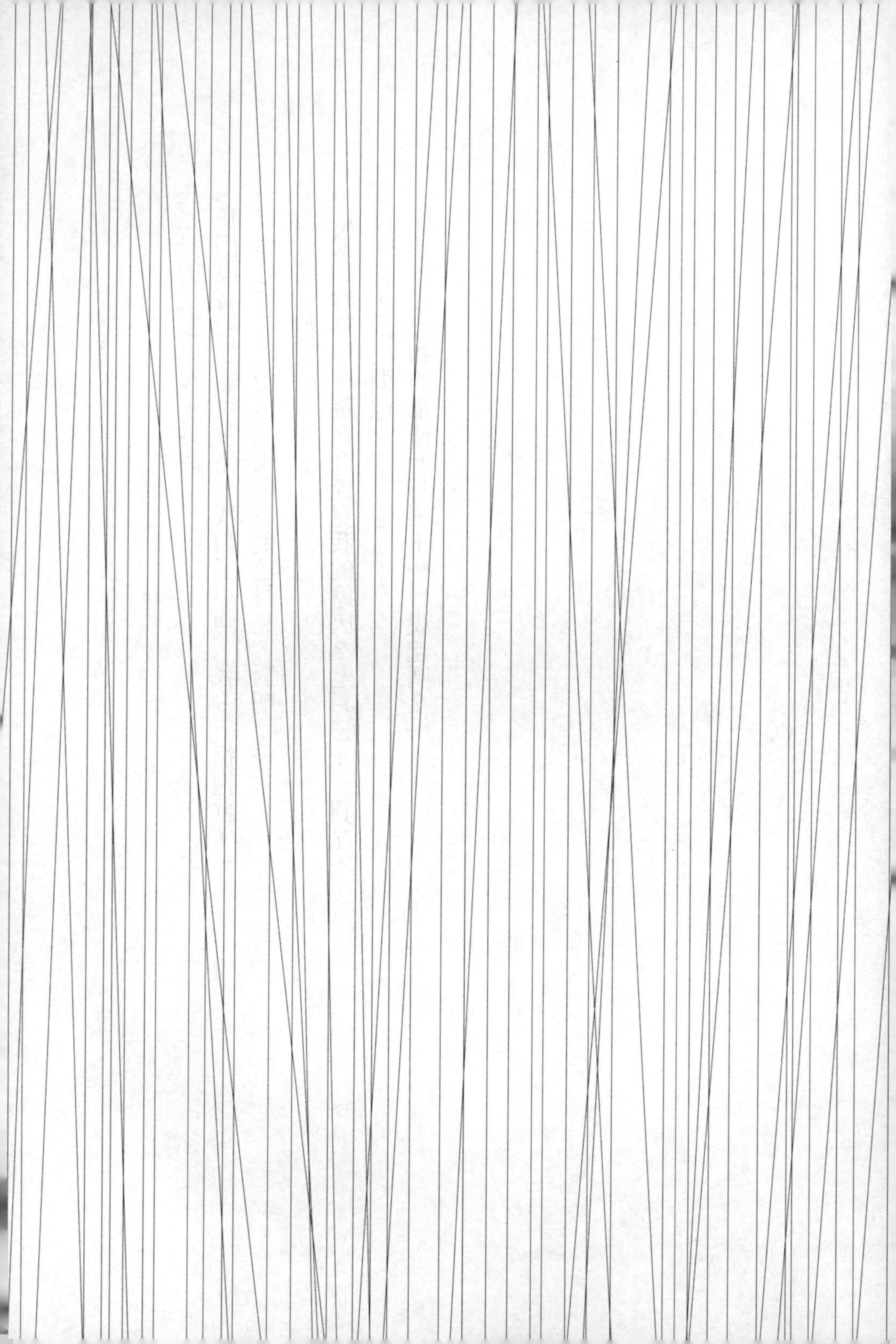

第一章

宿命

你相信一見鍾情嗎？
我相信。

之一
曹正彥

自我保護。

從小我就是個自我保護慾極強烈的小孩，在十歲以前。

聰明不惹事，中庸不起眼。書唸得不錯、但不會出風頭到拿第一名的那種程度，籃球打得不賴、但不會強出頭到蓋對方火鍋的那種囂張，家事會幫忙做幾種，但沒有零用錢獎賞就儘可能推託的那種；自我保護，不惹麻煩也不出風頭的那種。

我不知道自己為什麼從小就期許自己是個中庸不起眼的自我保護小孩，不過我想那大概只是因為我照著媽媽的期許來做這樣而已。

『小彥以後會繼承這個家族，可是在這之前，小彥要好好保護自己哦。』

「為什麼？」

『因為我們家只有媽媽爸爸和爺爺是真心不會傷害小彥的呀。』

我不太明白媽媽這句話什麼意思，因為那年我才五歲而已，而且，媽媽還沒有離家出走。

媽媽還沒有不見。

「還有小姑姑啦。」

『對，還有小姑姑。』

媽媽笑著同意，然後親吻了我的額頭、哄我睡覺，表示這段對話結束。

結束。

我其實出生於黑道世家，三代單傳的黑道世家。

不過絕大多數的時間，我身邊的童年玩伴、同學、朋友都壓根不曉得這件事情，不曉得而且也看不出來，因為我們的家很安靜，足不出戶的媽媽，斯文高大的爸爸，以及我，這就是我們家的全部了。

我們不敦親睦鄰但也不吵不鬧，沒有一般家庭裡慣常發生的夫妻吵架、打罵小孩、可怕的家庭式卡拉ＯＫ……我們家比起一般家庭而言還要安靜許多，安靜太多，以至於有很長一段時間，我以為所謂的黑道就是很安靜的意思。

老黑道。

爺爺是這麼稱呼自己的。

爺爺在爺爺家時其實就和一般爺爺沒有兩樣，他慈祥而且溺愛他的獨生孫子我，爺爺雖然不常和我們見面也絕對不到我們家裡來，不過每次見面時，爺爺總是會把我抱在膝蓋上，不厭其煩的重複著我們家的家規，或者應該說是，我們幫的幫規。

不能哭，不能主動挑釁別人，還有，絕對不能碰毒品。

老黑道，乾乾淨淨的存在於法治之外，當法治幫不上忙時，就出面處理糾紛的老黑道。

在遙遠的年代裡，本來就交友廣闊、性格海派的爺爺搞不清楚是因為哪一個事件發跡進而聲名大噪，不知不覺中每天開始有一大缸子的陌生人登上門來拜託爺爺幫忙處理事情，慢慢慢慢找上門來的朋友太多太雜，於是沒辦法的爺爺只好立下收費的規定，本來只是一個無心的玩笑，結果沒想到後來卻變成老黑道的前身。

處理事情。

爺爺是這麼稱呼他的工作的，爺爺的工作絕大多數的時候只消打幾通電話、報上名諱、表達請求，還有、他罩誰；棘手一點的是讓幾位兄弟去登門拜訪然後這些那些；最不得已的情形是爺爺親自出面，而至於所謂的親自出面是去做些什麼說些什麼？爺爺就總是笑著不肯說了。

『總之就是些害你爺爺被一清二清掃到的倒楣事啦。』小姑姑說。

小姑姑是爺爺的小孩裡面最不得他寵愛的一個，或許是因為她的終身不嫁，或許是因為她的格格不入，或許是因為她的難以管教，或許只單純因為她的媽媽離開爺爺……誰曉得，家族裡的人對家族裡的事從來不敢多說些什麼，因為大家都很怕爺爺，我不知道他們為什麼要怕？但我心想那反正不關我的事情。

我唯一知道的是小姑姑是家族裡和我最親近的長輩，而且爺爺其實懷疑她不是爺爺親生的，不過很諷刺的是，我後來甚至是和小姑姑同住在一起度過我的成長期。

家族，龐大的家族，無論是有血緣關係的，或者純粹道上兄弟的。

爺爺娶了四個老婆，四個老婆之間互不往來各立門戶安靜生活，只有逢年過節的家族聚會才得以打上照面，井水不犯河水，並且、沒有人敢主動挑釁或者爭風吃醋，無論是大人、或者是小孩；前三個奶奶為爺爺生了很多很多的姑姑們，唯一敢離開爺爺的奶奶是小姑姑的媽媽，唯一為爺爺生下兒子的奶奶，是爸爸的媽媽，我的親奶奶。

然而，爺爺自己並不和這四位奶奶（嚴格說起來只剩下三位了）同住，爺爺絕大多數的時間都是和他的親信們生活，絕大多數的時間；我常想像爺爺其實是生活在現代的皇帝，他的地盤是他的朝代盛世，他的老婆是他的後宮嬪妃，他的偉大事跡是他待過綠島而且活著回來甚至勢力還更強大，他的遺憾是他只有一個兒子而且還只有一個孫子，他的心事是把我抱在膝蓋上時的那聲無言嘆息。

三代單傳的黑道世家。

幾乎是一點意外也沒有的，當爺爺第一次被送到綠島管訓時，爸爸接手了爺爺的位子繼續處理事情，爺爺處理得很好，爸爸處理得更好，地盤擴張得更大，人脈累積得更廣，金錢累積得更多；而至於爺爺立下的家規，則被爸爸取消了第三條，改成是：不可以害怕。

『不要讓敵人知道你害怕。』

爸爸說，在我們發現媽媽逃跑似的離開家時，爸爸只對我說了這句話，而那年我十歲，我還是不知道這句話什麼意思，不知道，也不想知道；我只知道媽媽不要我了，我拚了命的回想是不是我不乖？會不會我做錯了什麼讓媽媽不高興？可是我想破頭就是怎麼也想不出來。

那天晚上我難過的躲在棉被裡偷哭了很久，而這件事情只有我自己知道；我違背了爺爺和爸爸共同堅守的家規，而隔天，我犯下第二條：不可以主動挑釁。

隔天我醒來，賭氣的連早餐也不吃就這麼騎著腳踏車出門，出門我去到平常和玩伴經常待著玩的公園，那天公園裡只有三個國中傢伙正在打籃球，不知道為什麼我放下腳踏車走到他們身邊，我走到他們身邊但卻一句話也不說只是盯著他們，就這麼一語不發的沉默直到他們感覺到奇怪的望著我，當他們奇怪的望著我的那個當下，我感覺到身體裡的遺傳因子正在蠢蠢欲動，我聽見自己挑釁的問：

「看什麼看！」

『什麼看什麼看！你才看什麼看！』

就這樣，我們互嗆了起來，在漫無目的並且毫無意義的叫囂聲中，我選擇其中一個戴眼鏡的傢伙當作是主要目標，我緊盯著他的眼鏡走向他，二話不說的就動手開扁，也許是反射動作也許是天生本能，從來沒有打過架的我在那個當下卻熟練的捉住他的頭把臉往我膝蓋骨撞擊，狠狠的撞擊，沒有道理也無須原因，藉故宣洩我的憤怒，無處可發的憤怒；我不知道自己是哪裡來的力氣，當另外兩個國中傢伙衝向我們想拉開我時，我反而連他們一起揍，我的拳頭落在他們臉上，結結實實，我的腳踢在他們身上，暴力無理。

不要讓別人知道你害怕。我心想。

一個人單挑三個人，不，更正確的說法是：一個小學生單挑三個國中生，我不害怕，我反而還贏了。

贏了。

終於停住手是因為那個戴眼鏡的傢伙害怕得嚎啕大哭，回過神，我看見鮮血流滿他的臉，因為他的眼鏡已經被我揍碎了一地，碎片還清晰可見的插進他臉上；很奇怪的感覺，當下我終於感覺到害怕，確實感覺到害怕，那是我第一次揍人，第一次親眼看見鮮血，可我害怕的不是他會失明、我會闖禍，卻是我終究還是變成了媽媽害怕的那種人。黑道。

我知道媽媽害怕黑道，雖然她從來沒有說過。

媽媽害怕黑道，可是媽媽結果還是嫁進黑道，我不明白為什麼。

我猜那可能是因為愛。

「這是我的地盤，以後不要再來這裡！」

丟下這句話，我鎮定的回家。把沾血的衣服丟進垃圾桶裡，把暴力的拳頭清洗乾淨，接著我若無其事的走到客廳打電話給媽媽，報告這事跡，我的光榮事跡。

媽媽接了電話，也聽了我的氣話，然後她掛了電話、在長長的嘆息之後；接著黃昏時分，有人推開了大門走進來，那個人不是我期待的媽媽，卻是我現在最不想見到的爸爸。

『不要再打電話給你媽了。』

這是爸爸開口的第一句話，而臉上寫滿的淨是無力感。

「為什麼？」

『不用為什麼，就當她死了，死人不會接電話，她以後不會再接你電話了。』

「為什麼！」

我吼了起來。

『小彥！』

他也吼了過來，連帶他的巴掌，吼過來，揍過來。

那是他第一次揍我，在我十歲那年，在媽媽逃命似的離家出走隔天。

『我不怪你打架，可是你不可以再打電話給你媽。』

平靜了口氣之後，爸爸又強調了一次。

「為什麼？」

我問，大哭著問。

『這是為她好，她做了你爺爺會很不高興的事情，而你只需要知道到這裡就好。還有，』還有，『這個世界上只有你爺爺可以問我為什麼。』

還有，我們家男人不准哭。在心底，我替爸爸補上這一句。

『我就跟你說這一次，所以你給我聽好了。』嘆口氣，爸爸說：『你媽媽離開你，不是因為她不愛你，而是她不得不離開，這是為了大家好，這麼說你懂嗎？』

我不懂，我怎麼可能懂！

「那她愛你嗎？」

爸爸沒有回答，爸爸只是別開臉，說：『我一直在保護你，用我自己的方式，我們，我們一直在保護你，盡最大力氣保護你。』

「我自己——」
『小彥！』
不可以插嘴。我想起那些爺爺身邊的叔叔們經常互相告誡的這句話。
『可是我再也保護不了你了。』
「為什麼？」
『你不懂。』癱在沙發上，爸爸疲憊的按著太陽穴，我不知道原來爸爸也會累，『所以，從今天開始你要好好保護自己，你是我們家唯一的後代，而你要時時刻刻記得這件事情，這麼說你懂嗎？』
最後，爸爸這麼說。
我不懂，我只想知道為什麼？
『把臉洗一洗，我們待會要去見爺爺。』
而爸爸還是不告訴我為什麼，在車上他只簡短的交代從明天開始我必須搬去和小姑姑住直到我滿十八歲那年，而這是他保護我的方式，因為我是他的獨生兒子，也是爺爺的獨生孫子，我們家族唯一的後代；這是事實，而爸爸不想改變，他不想再要任何的老婆，再多的兒子，他覺得很累。
爺爺讓他很累。

關於這點爺爺其實是很不開心的，因為比起坐牢而言，獨生子的這件事情更教爺爺來得害怕，爺爺受不了三代單傳的這個危險；而其實讓爺爺更不開心的是，爸爸堅持要把我託付給小姑姑教養的這件事情。

『這行已經不像你們那年代的乾淨，我不要小彥以後過得比我更危險。』丟下這句話，爸爸執意把我託付給小姑姑，還要我改稱她為媽媽，我不明白為什麼，還是沒有人告訴我為什麼要這樣，因為他們忙著在吵架，我想。

『沒有人要你去走私毒品。』

『爸！』

爸爸在爺爺的面前跪下，我不知道爸爸做了什麼為什麼要跪下，不過在我看來，跪著的爸爸，感覺好像正在接受處決；那一刻我真的很怕爺爺會殺死爸爸，雖然我打從心底知道這並不會發生，可不知道為什麼我就是真實的這麼害怕著。

那是第一次，我明白為什麼所有人都怕爺爺。

『我會罩你，因為你是我兒子，可是你違背我的規矩，那你就自求多福；我不會讓兄弟替你頂罪，你給我去那裡好好反省然後戒掉。』

『我知道我錯了，可是你不要傷害羽薇，我只求你這件事情。』

『你也知道要怕？』

『爸！』

『聰明反被聰明誤。』爺爺丟下這句話，以及：『在小彥面前不要提這些，對我而言，小彥比你還有你的女人更重要。』

爺爺冷冷的說，接著他轉身，最後他摸了摸我的頭，要我以後過年回這裡來看他，然後，他離開。

我不知道那年爸媽究竟是惹上了什麼麻煩、讓爺爺震怒的麻煩？而我只是在想，如果不是因為爸爸是爺爺的親生兒子、甚至是獨生子的話，那麼爺爺搞不好會親手把他殺掉吧？我不知道。

我只知道的是，那是我離家族最遠的一刻，從那一天起。

我不知道我回不回得去？我不知道為什麼我不得不離開。

不知道。

之二
蕭雨萱

自我介紹。

從小我最討厭的事情就是自我介紹，因為首先，我很不喜歡站在講台上，身為一群人視線焦點的這件事情總是會讓我感到十分可怕，我想我大概有上台恐懼症，我連下課時都不願意踏上講台一步；還有就是，我不太習慣笑，我覺得我笑起來的樣子很奇怪，僵僵的，不自然，好像做錯什麼事情卻又不得不否認那樣，也像今天班上規定要穿體育服上課，但結果我卻記錯了依舊穿制服來那樣，不自在；而且重點是，我超級討厭我的聲音，細細小小的、好像鳥在叫，一聽就知道這聲音的主人對她自己很沒有信心，如果可以的話，我甚至願意自己是個啞巴，因為這麼一來，我就可以順理成章的不用講話只打手語。

打手語。

我很喜歡我的手，不，嚴格說來我喜歡的並不是我手的本身，卻是它揮動著的姿態，很美，好美，那是我唯一覺得自己美的時刻；國一的時候我是班上校歌比賽的指揮，我不知道為什麼那時候班上同學會推選不起眼的我當指揮，不過我想那完全得感謝華琳的舉手提名，華琳是我們班的班長以及班花以及我最好的朋友，那是我國中最美好的一段時光，在準備校歌比賽的那段時間，以及那一天，比賽那天，站在禮堂的講台上，背對著全校師生的我，陶醉在歌聲裡，指揮著全班同學合唱的我，很……嗯。

嗯。

不過很可惜的是，我並不是啞巴，而且我也沒有辦法一直當指揮，因為校歌比賽只有一次，尤其最討厭的是，此時此刻的我人就站在講台上試著努力的想要自我介紹。討厭的自我介紹。

「大家好，我是新來的轉學生，我叫蕭雨萱，我……」

我本來就有夠小的聲音越來越小，終至自動的默默消音，我覺得尷尬得要命，我懷疑班上同學已經開始蠢蠢欲動的不耐煩，因為他們看起來都很流氓的樣子，沒辦法我只好試著用微笑來表達我的友善，可是這反而更糟糕，因為我笑得很僵我笑得超僵，我沒辦法不去注意到我的腋下開始冒出冷汗，我明顯感覺到我的雙腳一直在發抖，我慶幸還好有講台遮住我發抖的雙腳，可是我的腋下還是明顯的汗溼了一片，我──

「我想回台北！」

不知道為什麼，我突然冒出了這句話，以及隨之而來的放聲大哭，在講台上，在這全班新同學新老師的面前，在討厭透了的自我介紹之後；連同老師在內的所有人全都楞住，接著三秒鐘的時間過去之後，他們爆笑開來，哄堂大笑的那種。

我覺得死定了！我國中剩下的這一年完蛋了，我會被討厭我會被排擠我會被欺負，我……我好想念華琳，我想回台北！

我想回台北，我是說真的，我討厭這個鄉下地方，我們家對街的鄰居甚至還養雞！為了搬家轉學的這件事情，我和爸爸冷戰了一整個月不講話，而媽媽甚至哭了一整夜，因為媽媽是個台北小姐，時髦美麗又很會跳舞的那種台北小姐，這就是當初爸爸瘋了似的追求媽媽的初衷，時髦美麗又很會跳舞的台北小姐怎麼可以在這種對街鄰居還養雞的鄉下地方過她的下半輩子呢？

可是沒有用，爸爸執意要回老家，為的是繼承爺爺的襪子工廠、在爺爺過世之後，因為爸爸不只是個爸爸，他還是個兒子，他已經忤逆了爺爺大半輩子，他不能眼見爺爺這輩子的心血因為他的執意留在台北而關閉。

我想回台北，我討厭自我介紹，還有，坐我後面的這個男生很討厭。

『喂！台北是個怎麼樣的地方？』

狼狽透了的我低著頭走回位子，才心想這大概是我這輩子走過最艱難的一段路時，後面這個眉毛很濃的男生趴在桌子上問我。
「都市。」
而且沒有人養雞。我在心底補了這麼一句，可是我不敢說，因為我怕他揍我，而他看起來就是一副很愛欺負人的壞學生樣子。
『我也是個轉學生，比妳早一個學期，國二下。』
「哦。」
『也是都市，台中，妳知道衛道嗎？』
「不知道。」
『在台中很有名耶！升學率超高的！』
我又不是台中人，我心想，我沒說。
不敢說。
『妳為什麼轉學？』
「搬家。」
『我是為了把妹。』
最好是。
『有個妹，唸這裡，正翻天！呼～～』
他吹了個長長的口哨，而我則是額頭又冒出了冷汗：他上課一直講話難道都不怕被老師罵嗎？

他不怕，很顯然的他不怕，因為他自顧著繼續說：

『在溜冰場認識的，對了，妳喜歡溜冰嗎？』

我搖頭，然後在心底用力的祈禱老師快點罵他上課不要講話，可是老師沒有，好像習慣了他這樣似的、放任。

於是他還在繼續說著：

『……然後我就騙我娘說坐公車通車上學太累了會影響到我唸書所以我要換學校，哈！結果我娘居然還真的信！』

算了，老師不說我自己說好了。

「現、現在是上課耶。」

『不用管老師啦！這班上我最大啦，我罩妳，因為我們都是轉學生嘛！哈～～』

很滿意似的笑了笑，他對著我的後腦袋繼續聊天：『然後我娘還特地調查這國中哪個老師最有名，妳看得出來嗎？我們蔣老師以前是帶升學班的耶！他的學生超多人上一中和女中的啦。』

以前？

『誰知道好死不死等到我們這屆時他說帶升學班壓力很大想休息一下，哈！結果我娘花了好大力氣卻把我弄進個放牛班，妳說好不好笑？』

不好笑，很不好笑，我笑不出來，我怕我又哭出來，而且我覺得我又開始在發抖了。

『喂喂！不用那麼緊張啦！妳又不是第一個在這班上哭出來的人。』

「……」

『蔣老師才是第一個，而且是為了我哭哦！他覺得他毀了我的人生，我本來很會唸書、可是轉來這裡之後我開始變壞，哈！痛心？他是這樣說的嗎？』扯開喉嚨，他起身越過我的肩膀，他的聲音落在我的耳畔，他對著講台上的蔣老師放大音量問：『喂！蔣老師！你那時候說的是痛心這兩個字嗎？』

『蕭凱軒！你不要太過分！』

像是惡作劇得逞了似的，這個叫做蕭凱軒的傢伙得意洋洋的哈哈大笑，而且還用原子筆戳我的背：『對了，我叫蕭凱軒，不過大家都叫我凱哥，比較親切啦！哈～～』

有完沒完呀？這傢伙……我是很想叫他不要講話的，但結果我只敢沒用的默默忍耐他沒完沒了的講話。

和我講話。

『還有哦，那個妹結果我沒把到，因為她已經名花有主了，哎～～白忙一場，真幹！』

像是不在意我的沉默那般，這個自稱為凱哥的男生津津有味似的自顧著說：

『妳叫蕭雨萱，我叫蕭凱軒，我們都是轉學生，怎麼？很有緣吧？』

很衰。

『蕭雨萱和蕭凱軒，坐前面又坐後面，哈～～』

『蕭凱軒！上課講話給我小聲一點！』

終於，蔣老師忍無可忍的吼了過來，不過我搞不懂的是：上課不是不能講話嗎？怎麼會是講話小聲一點呢？

我發現我來到了個瘋狂的班級，這裡沒有人在認真上課，卻很多人在下課時認真打架，我真覺得我的人生完蛋了，真的完蛋了，我好恨爸爸。

懷抱著這樣的黯淡心情我騎腳踏車回家，回到家後我黯淡到不行的發現：我帶錯鑰匙了。

我還帶著台北家裡的鑰匙，已經不再是我家的鑰匙；當下我有兩個選擇，一是騎腳踏車到爸爸的工廠拿對的鑰匙，二是等半個鐘頭左右直到妹妹補完習回家──前提是如果脫線妹妹也沒帶錯鑰匙的話──可是實際上我發現我唯一真正想要做的是在家門前盡情的嚎啕大哭直到爸爸同意讓我回到台北為止。

『嘿！同學。』

轉頭，我看見聲音的來源是個和我穿著同樣制服的男生。

好高的男生，這是我對他的第一個印象。

『忘記帶鑰匙啦？』

他好玩似的打量著我，好像正在看什麼有趣的小動物那般的好玩眼神，而，很奇怪的是，我應該是要感覺到被冒犯的，但我實際上的感覺卻完全性的相反。

明星。

不知道為什麼當下我立刻聯想起明星，這麼說實在是很奇怪，因為他長得其實並不像任何一個男明星，硬是要說的話，也充其量只是他們同屬於有張好看的臉的那種人，但不知道為什麼，我就是直覺聯想起男明星。

我懷疑他有一八〇身高，這是我人生中第一次這麼近距離看到身高一八〇的男生，在他面前我覺得自己更瘦小了，實際上我更明確感覺到的是：我臉紅了。

「不是啦，我帶錯鑰匙了。」

紅著臉，我小小聲的說，我真希望我的聲音聽起來不要像是在哽咽或者害怕，但我發現他好像不在乎這點那樣。

我覺得鬆了口氣，奇異的鬆了口氣。

放鬆。

『帶錯鑰匙？怎麼會？這不是妳家嗎？』

好像真的很在意似的、他問；在此之前，我一直以為像他們那種長相那種外表的人都是高傲自戀又冷漠的完美人種，而實際上確實那種長相那種外表的人大多都是高傲自戀又冷漠的沒錯，而他推翻了我的刻板印象。

他對女生很 nice，這是我對他的第二印象。

「搬家，我昨天才搬來這裡，鑰匙忘記換過了。」

然後他就笑了，開開心心的笑，在夕陽裡。

『原來我們一樣嘛！我也是後來才搬到這裡的。』

你住隔壁嗎？我想問，可是我不好意思問。

『不過比妳早了幾年，是我十歲那年。』他說，然後低頭看了看錶，接著點起一根香菸，紅色 Marlboro，我看見，以前國中有個我暗戀的男生也抽那種菸。「難怪妳的制服看起來這麼新。」

不知道是不是尼古丁的關係，我突然感覺到昏眩，是的，昏眩。

『妳從哪搬來？』

「台北。」

台北。我說。然後他挑眉，亮著的眼睛在此時黯淡了些，不太明顯的。

『我媽好像也在台北，聽說。』

「咦？」

『不過我是從高雄搬來的，我家就在愛河旁邊，妳知道愛河嗎？』

我搖頭，我不知道，但我覺得這名字聽起來好美。

愛河，什麼樣的河會取名為愛河？

『啊，我女朋友好了。』

順著他的視線望著，一個高䠷的女生從隔壁大門走出來，原來她才是我的隔壁鄰居，而她是個和他好相襯的女生，高䠷的女生，我從小就希望自己是的女生，我從來就不是的女生，這輩子大概也無緣是吧（看我爸媽的身材就知道），我討厭我的瘦小。

瘦瘦小小的，好像紙片人一樣，瘦得沒有存在感，討厭。

『謝謝妳陪我聊天囉。』

最後，他這麼說，笑著說，紳士的說，在夕陽下。

後來我才知道那個高䠷的女生就是蕭凱軒轉學這裡的原因，那個他想追但結果轉學過來才發現已經被追走的女生；而至於那個高大的男生，則是這個學校裡的頭號人物，曹正彥。

第二章

約定

孫燕姿〈天黑黑〉

我們相識的

起

點

之一
曹正彥

『小彥，這句話我只說一次，所以你要聽進去，聽進心裡去，然後，無時不刻的提醒自己。』在離開高雄的火車上，小姑姑說，認真而嚴肅的說，『從今天開始，從新家開始，你是我的兒子，不是家族的獨生子，你不可以像爺爺，也不可以學爸爸，打架、鬧事、甚至是——』想了想，小姑姑決定把原本想說的話沒收，『你要乖乖的，懂嗎？』

「為什麼？」

『否則我會不要你，你會找不到你媽媽，你也回不去高雄，你會變成孤兒，就這樣。』

就這樣。

十歲之後，四年間。

不管是發育又或者性格，我都比同齡的小孩要來得特別早熟，我想前者是遺傳，而後者是多虧了小姑姑教養方式的關係，在十歲到十四歲的這幾年間。

當我十歲那年隨著小姑姑搬到這小小的鄉下地方時，我的身高已經長到一六八，並且，我對小姑姑送我的生日禮物產生興趣。

村上春樹。《國境之南，太陽之西》。

「這是什麼？」

『書，好看的書。』

「噢。」

『可能小彥現在還太小，會看不懂村上春樹，不過這本書實在是太好看了呀，好看到迫不及待想現在就送給小彥喏。』

瞪著這本奇怪書名的書，我不懂為什麼我的生日禮物開始從一大把的鈔票還有三層樓高的蛋糕變成是一個奇怪名字寫的奇怪書，我心裡覺得好難過，我好想念我媽，媽媽會買玩具給我，不會是這種奇怪的書。

「寫什麼？」

為了不傷小姑姑的心，我只好裝作很有興趣般的問。

『獨生子，和孤獨。』

獨生子，和孤獨。小姑姑說，然後連我自己也感到不可思議的是，我竟就翻開來閱讀。

閱讀，並且入迷。

我感覺到那書裡有個什麼抓住了我，深深的抓住了我。

當班上同學還在下課後呼朋引伴衝到操場玩遊戲時，我反而是獨自跑到圖書室去讀村上春樹，從這頭讀到那頭的徹底式讀法，我搞不懂這鄉下地方的小小圖書室怎麼會擺著整套的村上春樹？我懷疑那是在這國小任教的小姑姑捐贈的，不過反正那不關我的事。

我讀村上春樹，從我十歲那年開始，並且正如小姑姑所說的，他書裡有很多東西我都搞不懂什麼意思，不過我想那反正不成問題，因為閱讀讓我感到安全，也讓我看到其他的世界：日本。

『不用再打電話給你媽媽了，小彥。她接不到了。』

有天，看見我依舊固執著打電話給媽媽時，小姑姑忍不住的這麼說，那是她極少數願意和我聊起媽媽的時候，大概是爺爺下了封口令吧、我想。

「為什麼？」

『因為她去日本了，那電話沒人用了。』

「妳怎麼知道的？」

『因為是我幫忙送她上飛機的，不要告訴爺爺哦。』

「為什麼？」

『因為你爺爺已經夠討厭我了，要是再被他知道這個的話，他鐵定會打斷我的腿。』打斷我的腿，小姑姑說，當她說這話的時候，表情是不小心說溜嘴的驚慌，接著她意識到這點之後，她不著痕跡的改變話題：『那本書的女主角也是個腳不好的女生喏。』

「也？」

『國境之南，太陽之西。』

小姑姑答非所問，接著從她臉上的微笑裡，我明白這個話題被結束了。

也。

媽媽。

被結束。

村上春樹。

媽媽去日本。

爺爺下封口令。

有腳不好的女生。

大概是國中一年級的時候吧，國文課有篇作文題目是我的志願，當時我想也沒想的就寫下我將來的志願是要當作家，而且是像村上春樹那樣子厲害的作家，還有，去日本找我的媽媽。

結果作文批改回來之後，老師的評語不是好棒或者加油，卻是在放學後把我留在教室裡單獨約談。

『找媽媽？你媽媽不就在這裡教歷史嗎？』

那是我小姑姑不是我媽媽，我心想。

『還是說曹老師以後要去日本？』

他看起來很焦慮的樣子，我懷疑他暗戀小姑姑。

「不是，我有兩個媽媽，一個在日本。」

這話老師想了想，然後不太理解的搖搖頭。古怪的孤獨少年，我猜這大概是他當時心裡的OS。

『你長這麼高不打籃球太可惜了，有沒有興趣加入老師帶的籃球校隊？』

我搖頭。

那年我的身高一七五。

大概是因為身高的關係，一直以來我陸陸續續會被很多女生要個人資料，而每當遇到這種情形時，我總十分親切的答應對方、寫下我的個人資料，而且還會很禮貌的希望對方也留下她的個人資料以表達我的友善還有緩和對方的緊張，關於這點，我並不會像其他男生那樣的鼓躁、騷動，我想這樣的我很符合小姑姑的期望。

『小彥要當個小紳士哦。』

小姑姑說，而這次不用問為什麼，她倒是很難得主動的就解釋了：

『不可以讓女生哭，要讓女生笑哦，因為男生的責任就是保護女生呀。』

女生笑的時候最可愛了。小姑姑說，我同意，因為小姑姑也總是笑臉迎人的、在離開家族之後，她變得快樂很多；我同意，可是我沒有告訴小姑姑的是，我有個暗戀了好久的女生，她不常笑，她叫做張靖。

張靖是我國小隔壁班的同學以及國中隔壁班的同學，張靖不常笑，而且她很高，每當遠遠望著張靖的時候，我總會想像著她長大以後應該會是和媽媽同樣高䠷又魅力的女生吧！

魅力，是的，魅力。

嚴格說起來張靖並不是典型美女的那種長相，甚至要是問起：「你／妳覺得誰是學校裡最漂亮的女生？」或許十個人裡面會回答說張靖的也只有我一個，不，甚至連我都不認為張靖是全校最漂亮的女生；可是不知道為什麼，張靖整個人就是擁有她獨特的魅力，這與長相上的美麗無關、卻是個人魅力那方面的事情，不是最美麗、但卻最獨特。

這樣的張靖追她的男生自然也是一大把，可是能成功追到的，倒是從來沒有聽說過，反倒「張靖是個女同性戀」這般的惡意流言每個人都聽說了不少。

沒有人追得到張靖，直到升國二暑假的那一年。

我記得很清楚，關於那年的暑假，還有那一個夏天。

嚴格說起來是在放暑假的前一天所發生的事情，那天下課的時候，我照例是從抽屜裡拿出村上春樹來閱讀，讀的剛好是《國境之南，太陽之西》這本書我記得很清楚，倒也忘記是第幾次重讀它了，但我印象深刻的是當我讀到男主角阿始在敘述和女主角兩個人坐在客廳裡聽唱盤的那一段時，班上那個因為很會打架而出名的男同學突然的走向我，並且要求我去福利社幫他跑腿買飲料。

不確定是不是因為太過投入閱讀的關係，當時我不知道哪來的勇氣，我回答他：

「不要。」

『你說什麼？』

「我說不要。」

接著他暴怒的掀了我的桌子，指著我的鼻子，他大吼：

『你走在路上給我小心一點！我會揪很多人揍死你！』

還有：

『不要以為你媽是老師我就不敢揍她！我連她一起揍！』

就是在那個當下，我身體裡有個什麼被喚起，我想起十歲那年的幹架，那些血，那碎片，還有那張驚慌的臉孔。
我告訴自己不可以再變回那個自己。
我，害怕。
害怕他真的找很多人來揍我，更害怕的是，又變回那個自己，那個黑道世家的獨生孫子。
我害怕我身體裡流動著的黑道血液。
害怕。
他的嘴臉他的警告每天每天的浮現我眼前，我吃飯想到他，我睡覺夢見他，我連小便都害怕他會突然闖進來揍我、揍我們，整個暑假我連家門都不敢走出去一步，因為我害怕走在路上會遇見他，我甚至害怕他哪天真的撂很多人來揍我們，我害怕變回那個自己。
我甚至害怕小姑姑失望的臉，我害怕小姑姑會不要我，這樣我會變成孤兒，我甚至沒有辦法再找到媽媽，因為小姑姑是唯一知道媽媽下落的人，我……
我打從心底的害怕。
直到七月三十一號那天。
我記得很清楚，那天是我生日，小姑姑興高采烈的要帶我去劍湖山玩以慶祝，我起先拒絕，拒絕出門，因為我怕出門被他堵到，我甚至害怕他剛好也在劍湖山，我怕得不得了。

直到小姑姑不解的表情出現在我眼前為止。

在小姑姑的眼神裡，有個什麼、我突然懂了。

突兀的懂了。

——因為男生的責任就是保護女生呀。

我要變強壯，我要更勇敢，我要保護女生的，不是嗎？

於是那天我們還是出門去了劍湖山玩，玩得很瘋，而且沒遇到那傢伙、然後還被揍一頓要揍斷我們的腿；然後連我也覺得奇怪的是，那天晚上睡覺時，我的反應不是鬆了口氣，卻是很羞愧。

我對自己的懦弱感到羞愧。

隔天醒來我立刻把村上春樹鎖進書櫃裡，接著拿起籃球，我出門，出門打球，沒命似的打、瘋了似的練，因為，我要變強壯；那天我蓋了同學們好幾次的火鍋，他們被我蓋得很不爽，可是因此我發現：原來變強是世界上最安全的事。

回家之後我刻意把食量增大，我甚至買了啞鈴躲在房間裡偷偷練身體，接著整個夏天過去，我的身高抽到一七七，我的肌肉線條變得結實且力量，還有、我開始找人打架；從最瘦小的男生開始打，沒有理由，不用原因，就是一句：你看什麼看！

我打架，為的是證明我的力量，還有：我才是老大。

我不想再害怕。

二上學期結束那天，我把當初那個叫我去買飲料的傢伙約了出來單挑，這事轟動了全校，不是因為我居然膽敢單挑他，卻是因為我打贏他，而他手裡抄著機車大鎖，但我甚至只是赤手空拳。

「以後不要隨便叫別人買飲料。」

丟下這句話，我耍帥的離開。

隔了一個寒假再回到學校時，我已經是學校裡的風雲人物，或者應該說是：最強悍的老大。

我是王。

還有，我成功的追到了張靖，全校最難把的女生，張靖；我真覺得自己無所不能，真的無所不能，我找到了自己對的樣子、該是的樣子。

我本來就是的樣子，黑道世家的獨生孫子。

而小姑姑，很失望；很失望，卻絕口不說，我想那大概只是因為小姑姑明白：我終究掩飾不了身體裡的血液。

『宿命。』

小姑姑結果並沒有如十歲那年在離家那趟火車上所警告的不要我，她只是嘆了口氣，然後說了宿命這兩個字，就這樣。

宿命。

我想那大概是因為我也是她和家族唯一的聯繫吧！雖然我們兩個人誰也都沒再和家族聯繫過了。

雖然。

而那是個下雨天，我記得很清楚。

那時候我已經開始騎機車上課，有一次被訓導主任逮到，我心想這真是太好玩了於是把油門催到底的騎給他追，就這麼跟訓導主任飆著車，我們飆進學校裡引起軒然大波，我們飆上隔天報紙社會版的小角落。

就是在上了社會版小角落的當天，我一方面心想給訓導主任留點面子好了，但另一方面還是不自覺的騎著機車去上課，而那天的雨很大，沒命似的大，在大雨中，我聽到一聲幹，停下車，我好奇的看著這聲音的來源，我看見一個痞模痞樣的男生站在電線杆旁邊，而表情是心碎，我認出他是十六班的蕭凱軒，因為他這個人實在是太痞了，所以真的很難忍住不去揍他，而果真有次他經過我們班時立刻我們就隨手抄了椅子扔出去砸向他，就這麼打起架來。

在那場架裡他被我們打斷三根肋骨。

「你幹什麼？」

『媽的！老子今天沒心情跟你幹架。』

「是怎樣？」

『我的菸淋溼了。』

接著我知道，這傢伙雖然在學校裡同是個不良學生，但在家裡還是很認分的當個乖兒子，媽媽會搜他書包檢查的那種乖兒子，媽媽知道他抽菸會哭得很心碎的那種乖兒子，於是每天放學後他會把菸藏在途中經過的第七根電線杆，然後回家當他的乖兒子，隔天上學時，再把菸帶到學校抽他個夠，而如果那天下雨的話，他的菸就會被雨淋溼，這樣他整天心情就會差得只想趴在桌子上睡覺。

「為什麼是第七根電線杆？」

『lucky 7 啊。』

「白爛。」

『你有嗎？』

「菸？」

『廢話！不然便當哦？』

「這裡？雨很大耶。」

『也對。』很哀傷的、他想了想，接著七秒鐘的時間過去之後，他臉上露出那讓人看幾次就想揍幾次的痞子笑容：
『你打撞球嗎？』
「打啊。」
『這樣吧，我請你打撞球，你請我抽菸，怎樣？』
「不賴。」
於是我讓他上了我的機車後座，掉了頭，我們沒去上課卻是去打撞球，那是我們友情的起點，而那天，蕭凱軒贏了那場撞球。
他打架打輸我，可是撞球他贏我。
每次。

『喂！張靖是你馬子？』
當我們急速的變成好哥兒們之後，有天下課在操場旁蹲著抽菸時，蕭凱軒突然的丟來這個問題：
「對啊。」
『怎麼追到的？』
「幹嘛？」
『參考。』

「你想追誰？」
『追到了再告訴你。』
「為什麼？」
『不然很丟臉啊。』
「哦。」
想了想，我決定誠實而不花俏的告訴蕭凱軒：
「到他們班去，自我介紹，還有，我希望妳能當我女朋友。」
『一個人嗎？還是揪兄弟去壯膽？』
「一個人，因為我怕嚇到她。」
雖然實際上光是我自己一個人去就已經嚇到張靖了，她的精神狀態緊繃且脆弱，這是後來我才發現到的事情，或者應該說是，當時的所有人，都沒發現到的事情。
『就這樣？』
蕭凱軒看起來很驚訝的樣子。
「還有啦，那天之後我連續送了七天的早餐。」
『對吼……送早餐。』
最後，蕭凱軒這麼喃喃自語著。

之二
蕭雨萱

我不太明白為什麼蕭凱軒開始每天都要放一份早餐在我桌子上，雖然這實在是令人很困擾，因為每天在上學之前我和妹妹都會在媽媽的監視之下吃完早餐才出門，不過有礙於蕭凱軒看起來不太好惹的樣子（而且實際上也是），所以我總還是很認分的勉強吃掉這一份多出來的早餐。

每天每天。

我想可能蕭凱軒是看不慣我的過瘦吧？雖然這真的不是我的錯，而且每天要吃兩份早餐的這件事情實在是很飽，不過我還是滿感謝他的好意的，只不過他依舊習慣上課中從後面用筆戳我的背然後猛聊天的這件事情真的很討人厭。

討人厭。

過瘦。

我。

在我們國三即將畢業的這個夏天，孫燕姿發行了她的個人首張同名專輯，順便把〈天黑黑〉和〈愛情證書〉唱紅全台灣的大街小巷，就連我們這種對街鄰居還養雞的小小鄉下地方也不例外。

而，最重要的是，那年的那個夏天，紅的不只是孫燕姿還有她的音樂，還有我。

小孫燕姿。

華琳是第一個發現這件事情然後打電話來開心尖叫的人，從：『啊～～妳長得好像孫燕姿哦！』開始，透過電話，我們這對好久不見的好朋友聊著長長長長的天，聊到爸爸的臉都綠了為止，沒辦法，我只好心不甘情不願的告訴華琳我要掛電話了。

『好啦好啦，我媽也在瞪我了。』華琳說，然後又尖叫一聲：『啊！差點忘了最重要的事！妳會報台北的高中嗎？』

聽到華琳這麼問時，我真的好想哭；我沒忘記我們約定好要一起上同一所高中，可是我沒想到華琳居然還記得，而且還放在心上惦記著。

「可是……」

『蕭爸還是不肯讓妳回台北哦？』

「不是啦。」

『又沒差，反正妳可以住我家呀！』

「不是啦！只是我的成績變很爛，我想沒意外的話應該只能上高職了。」

『沒關係呀，那我陪妳唸高職就好啦。』

華琳說，然後我就哭了。

華琳……我真的真的好想妳。

真的真的。

好想念。

想念。

小孫燕姿。

大概是因為身材同屬於瘦小到幾乎紙片的那種程度，而且我們的髮型大致相同、臉蛋大概相似，本來連美女也搆不上邊的我、託了孫燕姿暴紅的福，在學校裡開始被稱為小孫燕姿的我、突然開始居然也受到了學校男生的注意而在下課後頻頻被要個人資料；一開始我是很適應不良的、關於我居然會被很多男生喜歡的這件事情，慢慢的我開始感到害羞且雀躍，可是後來我真的很想殺了蕭凱軒這傢伙。

『敢泡我們班小雨，小心我找曹正彥一起去揍你們！』

每個來向我要個人資料的男生都一律的會被蕭凱軒這麼恐嚇，我不明白他幹什麼要這樣阻擋我的情路，不過我其實比較注意的是：他居然認識曹正彥！

那個連我國小五年級的妹妹都暗戀得要命的頭號人物，曹正彥；那個自從去年我剛搬來時因為帶錯鑰匙而在家門前見過一次面、聊過一次天之後，就沒再碰過面的，頭號人物，曹正彥。

不，其實這麼說並不正確。

我常常望著窗外看著他領著同學們翻牆蹺課跑給訓導主任追的身影，我總是聽說哪個班的誰誰誰又被他拖進廁所裡揍到吐血，我甚至讀過他和訓導主任飆車飆進校園裡而上報的新聞（我妹還把剪報拿去護貝，她後來甚至要走我的畢業紀念冊，只因為裡頭有曹正彥），我總認為他是那種遙不可及的頭號人物，遙遠到沒可能和我的平淡無奇的小小生活圈有所交集。

直到這天——

『喂！小雨！明天要不要去野溪烤肉？』

高職聯考完的沒幾天，才一大早我就接到蕭凱軒打到家裡來的電話，才在心底咕噥著畢業紀念冊為什麼要放每個人的家裡電話呢時，我聽見依舊自顧著在電話那頭講著話的蕭凱軒嘴裡吐出了一個關鍵字：曹正彥。

他也會去？

接著，我聽見自己這麼說：「好啊。」

『那好，明天我去接妳，不要穿裙子，我超討厭女生側坐的，看一個就想揍一個。』

「你要騎機車嗎？」

『不然坐牛車嗎？』

怎麼還是這麼討人厭呢？

「可是如果被我妹看見的話，她會跟我媽打小報告耶。」

『那我把她揍成啞巴？』

我差點沒嚇死，接著蕭凱軒樂翻了似的爆笑開來：

『哈～～我開玩笑的啦！妳怎麼那麼好騙啊？笨死了！』

「……」

『那我看妳明天騎腳踏車到我家來好了，下午三點整，掰。』

然後蕭凱軒就掛了電話，他怎麼老是這麼沒禮貌啊？

下午三點。

當我騎腳踏車出門時，還特地抬頭望了隔壁一眼，我其實只是心想或許能像去年剛搬到這裡來的那天、會遇見在門口等候張靖出門的曹正彥，但是結果並沒有，結果我望見的依舊是門窗深鎖的隔壁鄰居，搬來這裡一年多，我們都沒看見過他們家人幾次的隔壁鄰居。

我沒看見張靖，但卻在蕭凱軒家門口看見曹正彥的機車後座坐了個陌生女生，和張靖完全不同類型的開朗女生。

他和張靖分手了嗎？這是閃過我腦海的第一個念頭，但還來不及思考完全時，蕭凱軒就立刻吼來一句打斷了我的思緒：

『妳很慢吶！那麼多人等妳一個！討皮痛嗎？』

「對不起啦。」

我說，然後吐了下舌頭。

對不起啦。我說，然後我看見曹正彥望向我的雙眼亮了起來，我不明白這四個字裡頭有什麼不對或者對，不過我只覺得好昏眩。

我試著告訴自己可能只是因為太陽太大了吧。

『原來我們陪你等的就是小孫燕姿喔。』

曹正彥說，對著蕭凱軒說，但他的眼神卻依舊是望向著我，而至於那眼底的光，還亮著。

昏眩。

『快上車啦！慢吞吞！』

「喔。」

上車，蕭凱軒的機車後座，三台機車七個人，出發，出發往野溪邊的烤肉。

野溪，烤肉，還有，曹正彥。

本來我以為像曹正彥那種遙不可及的頭號人物、本人會是高傲會是暴力會是目中無人，但結果他卻是完全性的相反，他還是我記憶中的樣子，友善且紳士，甚至他反而像個親切的大哥哥那般忙碌著穿梭其中，一度他甚至主動坐到了落單的我的身邊來；當他發現他居然主動坐到我身邊時，我只覺得緊張到心臟快要暴斃，我擔心我的臉會因為過度害羞而整個脹紅，我——

『我們是不是在哪裡見過？』

他記得我？

命令自己強壓住內心的激動，我要自己儘可能平靜的說起一年前的初見面，在張靖家前——

『原來如此。』

原來如此。他的表情是笑著說，但他眼神卻黯淡了下來，我猜想那大概是因為話題裡張靖這名字的關係；我不知道是哪來的勇氣，竟就脫口問了：

「你們是不是分手了啊？」

『什麼？』

完蛋了！早知道不該問的！雖然一方面知道他應該是不會揍我的，但不知道為什麼，我就還是打從心底害怕他會揍我，我——

「我以為那個是你的新女朋友嘛！哈，哈。」

像是唸著哈這個字似的，我乾笑，乾到不行的笑；我覺得自己都快糗死了，但反而他卻樂得哈哈大笑了起來，在笑裡，我看見他眼底的光又重新回來了。

『那是蕭凱軒的姐姐啦。』

「哦。」

『他們長得很像，妳看不出來嗎？』

現在看出來了。

『原來妳和蕭凱軒並不怎麼熟嘛。』

「嗯呀。」

『那妳今天幹嘛來？』

我以為他接下來會這麼問，但是結果他沒有，或者應該說是：還沒有。他要是真這麼問的話，我想我一定又會哭出來吧！一定！因為實在很怕他會這麼問的關係，於是我快快的轉移話題：

「我以為張靖也會來耶。」

『她怕曬黑。』感覺像是這個問題已經被那群男生問過很多次那般、他幾乎是想也沒想的就回答，『而且她不喜歡烤肉，她怕胖。』

「哦。」

『她想考舞蹈科。』
「好好哦。」
凝望進我眼底，曹正彥像是在懇求似的，問：
『嘿！有機會的話介紹張靖和妳認識好嗎？』
「好呀。」
『雖然住隔壁，但妳們沒見過幾次面對吧？』
對，只有在夜裡才會聽見他們家傳來的喧譁聲以及吵架聲。
『如果妳們可以當朋友的話一定很棒。』
「對呀，因為她很漂亮。」
然後他又笑了，我發現他其實很喜歡笑，我覺得他並沒有大家傳說中的那麼暴戾。
『嘿！相信嗎？我是在月台上出生的。』
而這樣的他，讓我感覺輕鬆了很多，於是輕鬆了很多的我，終於能夠自然的像個朋友般地同他講話：
「騙人。」
『真的，不信妳去問我媽，她神經超大條的！那時候都已經懷孕八個月了還坐火車回娘家，超滾的！』

「超滾的？什麼意思呀？」

很困擾似的想了想，接著他這麼解釋：

『大概是很衝動那方面的意思吧！是行話。』

行話？我其實還是聽不懂「超滾的」以及「行話」是什麼意思，不過我想我最好是不要再追問下去比較好；而果真我的決定是正確的，因為他興致很好似的，自顧著又說回方才的話題：

『追分火車站，不信妳去問，十五年前的夏天，有個小帥哥意外誕生在那裡。』

「真的假的啊？」

『當然是真的啊！那天是滿月，月亮大又圓，我都記得。』

「最好是啦。」

『呵。』

他笑了笑，接著又燃起一根香菸，我發現他的菸癮很大，而且當他抽菸時，說起話來的感覺又像是瞬間變回了平時大家眼中的那個他：

『倒是一直不曉得妳貴姓大名呀？』

「蕭雨萱。」

『雨萱？哪個雨？羽毛的羽？』

「下雨的雨。」

『為什麼妳爸媽要給妳取一個這麼悲傷的名字？』
「悲傷？」
『雨呀，溼答答的，心多悲傷。』
「……」
『奇怪，我沒頭沒腦的跟妳說這一大堆幹嘛？我平常不是這樣的。』
「沒關係啊。」
『蕭凱軒一定也常常這樣對妳沒頭沒腦的說一堆吧？』
「對呀。」
而且他都是上課時從後面用筆戳我的背然後猛聊天，真的很討人厭。
『大概是妳很清澈的關係吧。』
「清澈？」
『嗯，清澈。把真實的自己毫無隱瞞的完全呈現，清澈。』用修長的食指把菸蒂彈得老遠，接著曹正彥才又說道：『妳有種令人想要對妳毫無保留傾訴一切的特質。』
這句話什麼意思？我不清楚。
『有人這麼對妳說過嗎？』
「沒有耶。」
『呵。』

用下巴指著溪裡的他們，繼續又燃起一根香菸，他找話似的問：『妳不跟他們下去玩水嗎？』

搖搖頭，我回答：「呃……因為我很怕水。」

『真巧，我也是。』

「怎麼可能？」

大概是驚訝過度的關係吧！因為我居然就脫口而出：

「原來你也會有怕的東西哦？」

他先是一楞，然後笑開來，笑開來。

『可多了，我只是假裝自己什麼都不怕而已。』

「呃……為什麼？」

『因為假裝久了就能真啦。』

「原來如此。」

『那傢伙也是。』

「蕭凱軒？」

『嗯，我們是同類。』

同類。他說。

『別看他痞模痞樣的，其實他只是故意裝成那樣子來騙大家而已。』

「為什麼要這樣？」

『因為自我保護啊，不想被知道真實的自己。』

這是在野溪烤肉的那天，他對我說的最後一句話。

我沒想到那會是我們緣分的起點。

我們，曹正彥、蕭凱軒、還有我，以及蕭凱軒的姐姐，蕭凱柔。

當他們玩水玩夠了終於上岸休息時，我們一群人圍繞著已經熄滅了的火堆喝著冰浸過溪水的啤酒聊著天，於是我才知道原來凱柔姐姐在高雄唸餐飲學校，最大的願望是畢業後能考到領隊執照帶歐洲的旅行團遊透歐洲並且遠走高飛。還有，他們姐弟倆長得真的好像，白白淨淨，以及單單的細鳳眼。

『高雄餐飲專校？在哪？』

緊捉住這個幾乎就要被略過的話題，曹正彥追問。

『小港，你知道嗎？』

『嗯呀，我是高雄人，十歲那年才搬來這裡的。』

我家就住在高雄愛河的旁邊。我在心底替他補上這一句。

『我看你們這麼愛玩，乾脆以後也來考我們學校好了啦！』

『好呀，那高職是要選觀光科嗎？』
『對呀。』
『你那麼想回高雄哦？』
打斷凱柔姐姐和曹正彥的對話，蕭凱軒悶悶的問。
『嗯。』
『你爸回來了嗎？』他搖頭，並且很不自然的轉移了話題：『你咧？要選哪一科？好像快分發登記了不是？』
『隨便啦！反正都沒差，畢業後還是都要去當兵，然後繼承我家的工廠呀。』
『順便接棒爸爸的里長伯是最好的啦！然後生一缸子小孩樂透他們老人家啦！哈～～』
『妳少幸災樂禍啦！重男輕女的是他們又不是我！』很哀怨的瞪了一眼凱柔姐姐，接著蕭凱軒把話題帶往我身上來：『蕭雨萱妳咧？』
「我想回台北，因為我和我最好的朋友華琳約定好了。」
我以為我這麼說了，但是結果我並沒有，我沒有說，也沒有回台北，我最後選擇的是和他們同一所高職的服裝科，我不知道自己為什麼要這樣，我只知道當我告訴華琳這個消息時，她聽起來好像很失望的樣子，不過華琳還是強顏歡笑的要我有空多回台北探探她。

後來回想我才驚訝的發現，就是在我們到野溪去烤肉的同一天，孫燕姿驚傳在簽唱會時被歹徒鳴槍險些被綁架的新聞；而、我更驚覺的是，原來早在那一天，我的心，也被綁架了。

只是，當孫燕姿唱紅〈天黑黑〉的那個夏天，我的愛情，卻遲遲放不了晴。遲遲。

第三章

改變

『可能是因為妳的笑容吧，很有感染力，我真的很喜歡看著妳的笑。』

從這句話開始，我改變了對自己的態度。

可能你忘了，但我會永遠記得它。

永遠。

之一
曹正彥

從野溪的烤肉回來之後，我發現自己急速的喜歡上這個小孫燕姿，倒不是想要和她有戀愛關係的那種喜歡，而純粹是喜歡她這個人的那種。

純粹。

她有種令人想要對她毫無保留的特質，我想那大概是因為她的單純，或者應該說是，她渾然天成的家庭教養。

家庭。

我想我大概永遠也忘不了那頓晚餐，還有那份感動，平凡的感動。

那天在野溪結束烤肉之後，可能是因為太累也可能是因為回家路線的關係，蕭凱軒決定直接載凱柔回家，也於是原先讓他載著的小雨則換到了我的機車後座；在跨上我機車後座的時候，小雨看起來十分緊張的樣子，我直覺聯想這大概是早先我和訓導主任的飆車事件讓她記憶猶新，於是我轉頭想要安撫她，但不知怎麼的、當我們四目相對的那一瞬間，我發現我改變了主意：

「小孫燕姿，我告訴妳，我等一下會騎比較快趕在最前面，可是妳不用怕，我騎車技術很好，我沒出過車禍。」

她的表情告訴我她已經嚇壞了，從她嚇壞了的表情裡，我更加覺得好玩的想玩這個遊戲。

「然後前面山路有個急轉彎的地方，在那裡我會把車停下來倒在地上，還有我們兩個也是。」

『啊？』

「假車禍遊戲呀！要不要玩？」

『啊？』

就當她同意好了。

「要記住，我們要像真的死掉了那樣，連動也不能動，知道嗎？」

『一定要這樣嗎？』

「對！」

『唔……』

前面的山路，急轉彎處，假車禍，跟在後面趕上我們、發現我們，果真上當了也嚇壞了的他們，以及在得逞之後若無其事起身然後哈哈大笑的樂壞了的我們，這假車禍遊戲。

結果連我也驚訝的是，起先猶豫不決著一定要這樣嗎的小雨，反而當時笑得比我還高興，我懷疑這是她生平第一次整人。

「嘿！妳笑起來和孫燕姿更像，很好看，很舒服，很有感染力。」

『唔。』

這是在送她回家的路上，我們唯一的對話。

回家。

把機車停妥在小雨家門前，我下意識的抬頭望了望張靖她家，依舊是門窗深鎖。

她究竟都在做些什麼呢？為什麼每天都睡得這麼晚呢？他們家的人每天每天的都在忙什麼呢？她——

『唔……』

轉頭，回過神，我看見一臉為難的小雨，還有一個站在她身後、身形和她同樣嬌小的婦人，我想那大概是她的母親吧？當下我以為這婦人開口是要訓斥我、就像所有把我先入為主當成壞學生的大人那樣（很遺憾的，這所謂的大人裡還包括了我的小姑姑，是的，我的小姑姑），可是結果她沒有，她反而是靦腆的問我要不要留下來一起吃晚餐？

「啊？」

啊？我從來沒想到居然我自己也會發出這個聲音，我想我大概是被小雨傳染了吧，我想。

『因為今天是小雨的生日，所以我菜煮得比較多，如果不嫌棄的話……』

「不，這是我的榮幸。」我說，然後我聽見自己又說：「因為今天也是我的生日。」

我不明白自己搞什麼居然補上這一句話，因為自從離開家鄉之後，我就再也沒告訴過任何人這件事情了。

生日。

那是一頓很尋常的家庭晚餐，家常菜，煮得很豐盛，我已經好幾年沒吃過這樣的晚餐了，好幾年……

不用細看就可以立刻察覺到這是個不富裕卻知足的人家，他們一家總共四口人，還有一隻繞在餐桌旁看起來很餓的頭很大的長了一張流氓臉的牛頭犬，以及我，這個小雨的同學，可是很奇怪的是，這明明是我第一次在這裡晚餐、認識這家人，但我卻能夠自在的融入他們，我不感覺到自己是個客人，我反而有種自己早已經是這家的一份子那樣子的錯覺，既不特別被客套、也不特別被冷落，自在。

很奇怪，不管每個人在外面是什麼樣子、什麼姿態，然而當每個人和家人相處在一起的時候，就會顯得放鬆，放鬆的洩漏出原本的樣子。

在晚餐的最後小雨的媽媽送給她一條細細的心形金項鍊，起初小雨還嘟囔的不肯戴上，她覺得金項鍊很土很俗，她寧願拿去換成銀項鍊還比較流行些，可是小雨的媽媽堅持要她戴上，她覺得女生戴心形的項鍊很好看，她覺得金子才有價值，她希望她的女兒是價值的金而非流行的銀。

「很好看，女生戴心形的項鍊很好看。」

我跟著答腔，而小雨於是才肯戴上。

後來我才知道原來我不是第一個在小雨家晚餐的同學，因為她的父母完全性的是屬於好客且樂於和女兒以及女兒的同學當朋友的那種大方父母，不設防的、大方，在家族裡我從來沒有感受過的，不設防。

家族。

那天回家之後，我看見家門前停放著一輛陌生的黑色房車，起先我還驚訝小姑姑居然會有訪客，後來我才知道那原來是爺爺送給我的生日禮物，我悶悶的接過小姑姑遞給我的車鑰匙，然後把她要我打個電話給爺爺道謝的叮嚀關在房門外，他打斷了我媽媽的腿，我不明白為什麼我還要跟他說謝謝。

我不明白為什麼偏偏在最熟悉的親人面前結果我卻不得不的偽裝。

偽裝。

我知道十八歲之後我就完全屬於我自己了，我還知道的是，十八歲之後，爸爸就會回來了，雖然我還是儘可能的不去思考這個問題：那麼，媽媽呢？

我只知道那天是七月三十一號，我和小雨的十五歲生日，或者應該說是，我們三個人友情的起點。

三個人。

幾天之後我們一起去了高職的登記分發，而果真蕭凱軒很夠意思的陪我選了同一所高職、同樣的觀光科，而且後來還很夠緣分的待在同一個班級、坐在教室裡最後排的隔壁座位，我們抽同樣的菸、蹺同樣的課，而至於揍人的這件事情還是有過幾次，只是比起國中時，程度上已經減少許多了；我弄不太懂這和小雨開始頻繁存在於我們生活中有沒有絕對的關係，不過我打從心底明白的是，小雨其實是蕭凱軒選擇這學校的最大誘因。

『服裝科？為什麼？』

在新生報到註冊完之後，回家的路上，蕭凱軒這麼大驚小怪的對著小雨大呼小叫著，那時候我實在很想暗示他不要對喜歡的女生這樣，但就無奈蕭凱軒神經大條到接收不到我的暗示，我發現這傢伙雖然痞得要死又不肯正經，但是面對愛情，他真的是個白痴。

『因為只有這個學校有服裝科呀，我爸又不肯讓我通車去台中唸，當然我的成績也考不上這是重點啦！』

『我是說妳幹嘛要唸服裝科啦！』

蕭凱軒吼了過去，我知道他這麼吼只是鬧著玩，可是我真的很擔心小雨不知道他這麼吼只是在鬧著玩。

小雨不知道，因為她看起來又是一副快要哭出來的表情。

『因為我就是想唸服裝科呀！關你什麼事嘛！幹嘛那麼兇啦？』

「妳以後想當服裝設計師？」

我問，音量比蕭凱軒溫和了一半起碼，我希望蕭凱軒能夠明白我的這個暗示。

『也不是想當那麼厲害的人啦！我只是單純的想學看看怎麼自己做衣服而已。』

「哦？」

『因為我太瘦又太矮，衣服都很難買，所以如果自己就會做的話，應該就會方便很多吧。』小雨笑著說，眼睛都亮了起來的那種笑，『我媽媽還先買了一台縫紉機送我哦！粉紅色的！』

『就這樣？』

結果蕭凱軒還是沒能明白我剛才的那個暗示而依舊對著小雨大呼小叫著，我懷疑他是那種唸幼稚園時會掀喜歡的女生裙子的那種男生，我更懷疑的是，關於這點他似乎還停留在幼稚園階段，只是程度上的不同，我忍不住在心底默默為他嘆了口氣。
愛情白痴。

『張靖咧？』
回過神來，這我才發現話題不知道什麼時候已經被蕭凱軒丟回到我這裡來，大概是他終於也發現小雨又快被他弄哭了吧。我忍不住促狹的這麼想著。
「她選了台中的舞蹈科。」
『哪家？』
我說了一家距離我們這裡很遠的學校。
『幹！超遠的！』蕭凱軒嘖了一聲，『通車嗎？』
我搖頭，「住宿。」然後苦笑，「昨天帶她去找好房子了，找到一個還不錯的單身套房，這週末會帶她搬家。」
『那你們怎麼辦？』
「不怎麼辦呀。」
我把菸頭彈得老遠，遠得彈出一道拋物線。
我知道他很不開心張靖的看似冷漠及被動，但我心想那反正不關他的事，只要我知道張靖還愛我、還是依賴我的，這樣就好。

我們的愛情不需要別人懂。

「就每個週末我去找她呀。」

『她不回來？這樣你不會很累嗎？』

「沒辦法，她沒有我不敢出門。」

『好好哦。』

突然的，安靜了很久的小雨蹦出這句話，恰到好處的融化了我和蕭凱軒之間就快僵掉的氣氛；而我們先是一楞，然後不約而同的爆笑開來，雖然笑點在哪裡我們也弄不明白，不過我想這反正就是所謂的青春吧。

青春。

上了高職之後我們最大的轉變是放學後不再總上撞球間打撞球或者打人，卻是開著我的車在校門口等小雨放學，然後惡作劇的把她綁架走，這是我和蕭凱軒最熱愛的綁架遊戲：蒙著面、衝下車，二話不說的當眾架走小雨。

玩不膩，很奇怪就是玩不膩。

最開始的那一次我印象很深刻，小雨被這突如其來的假綁架給真嚇壞的嚎啕大哭了起來，在車上，然而等她回過神來發現原來是我們兩個人的惡作劇時，她倏地止住哭泣，接著放空了三秒鐘之後，她的反應不是惱羞成怒，卻是害羞的笑了起來，好像這整件事情都她的大驚小怪，而非我們的玩太過火。

傻傻的，這小雨。

我發現小雨其實有種很容易受到驚嚇的特質，像是個小鳥似的容易受到驚嚇，我想這大概和她太容易相信別人脫不了關係，太不設防的小雨，從來沒見她討厭過誰的小雨，只除了一個人例外。

蟑螂。

我上了高職之後認識的新朋友，蟑螂。

小雨打死不肯和蟑螂說話見面甚至是待在同一個空間裡，對此小雨給了一個很搞笑的理由：

『他家養雞，在我家對街，很討厭。』

這個理由很搞笑，可是小雨卻說得很認真，而當時蕭凱軒又是一陣不正經的大肆嘲笑，最後搞得小雨翻臉走人，那是我們第一次知道原來小雨也是會生氣的。

蟑螂。

蟑螂是我們班上的同學，而且他其實有個很武俠的好名字，只不過因為他膚色黑到發亮，長相看來陰沉而且始終堅持把額前兩道劉海留得很長活像兩條蟑螂鬚，於是班上同學都跟著蕭凱軒直呼他為蟑螂，對於這點蟑螂本人倒不怎麼在意，依舊自得其樂的堅持他的兩道長劉海。

根據蟑螂的說法是我們從國小一路同班到現在，關於這點我是驚訝得不得了的，因為任憑我想破了頭、怎麼就是想不出曾經見過這個人、更別提是同班了好幾年的這件事。

『因為我以前很胖，胖到快一百公斤，從小就一直被欺負。』蟑螂解釋，臉上則是一點表情也沒有，真的很像一隻蟑螂，我心想；『國中畢業後為了追一個女生就很努力減肥，所以你會認不出我也是正常的。』

我覺得很尷尬，關於我們同班這麼久但我卻記不起他的這件事，於是我只好轉移話題問：

「有成功追到嗎？」

『欸。』

他重重的點頭，表情看來應該是在笑但是從他臉上真的很難看出有表情的變化，我懷疑他是不是減肥過度導致顏面神經失調，我擔心張靖也老是嚷嚷著要減肥，我——

『而且我女朋友和你女朋友也是同班同學，舞蹈科。』

「張靖？」

『嗯，她還是你女朋友吧？』

「嗯呀。」

我恍然大悟這就是為什麼蟑螂突然悶不吭聲沒頭沒腦跑來找我講這一大堆話的原因，可是他接著往下說去的話卻又推翻了我原先的恍然大悟，他接著說：

『你救過我。』

「什麼？」

『你救過我。』蟑螂又重複了一遍，而語調依舊平板得沒有起伏，『有一次我被叫去買東西，班上有些人在吸安你曉得吧？』

我曉得，但我還是想不起來我怎麼救過他？

『他們之前就叫我去買過，結果害我被警察捉，所以那次我真的很不想再去了，然後他們就很生氣的要揍我。』

我模模糊糊的想起來了。

『然後你救了我，你抄起椅子丟向他們，還超屌的說：「不要隨便叫別人買東西！」最後你們在教室後面幹了一架，你一個人打贏他們四個人，很神！』

我其實是很想告訴他、我只是單純的不喜歡看見有人被命令去買東西的這件事情而已，可是他接下來說的話卻打住了我本來想要的解釋。

『雖然我還是比較喜歡那個看村上春樹的你，你還看村上春樹嗎？』

我怔怔的搖頭，我幾乎都忘了自己曾經瘋狂著迷過村上春樹的這件事情。

『我那時候心想，如果可以和你一起聊村上春樹的話，一定很棒！』害羞的笑了笑，蟑螂才又說，『不過還是很謝謝後來的那個你，救了我。』

「我——」

『那是我這輩子第一次有人對我好。』

這是我這輩子第一次不知所措。

『我可以跟你做朋友嗎？』

「可、可以呀。」

『不，不用是朋友，就算只是你的小弟幫你跑腿買東西也可以。』

然後我就笑了：

「我不需要小弟，也不喜歡別人幫我買東西，我們都同班這麼多年了，也該是開始當朋友的時候了，還有，我還是喜歡村上春樹，只是很久沒看了，這樣而已。」

然後他笑，露齒而笑，也是因此我才看得出來他是在笑。

『我只想跟對我好的人做朋友，因為這樣，我對他的好才值得。』

最後，蟑螂這麼說。

之二 蕭雨萱

『妳笑起來和孫燕姿更像，很好看，很舒服，很有感染力。』

大概是從這句話開始的吧？嗯，沒錯。

從曹正彥的這句話開始，我感覺我的靈魂漸漸甦醒，是的，甦醒，下定決心想要好好喜歡自己的那種，甦醒。

妳笑起來和孫燕姿更像。

這句話其實我已經聽過好幾次了、自從孫燕姿出道之後，可每當被這麼說時，我都會偏執的認為那是對方懷抱著善意的安慰所說出的一句話，因為我知道自己笑起來的樣子，就算怎麼遮掩總還是會露出一點點的上牙齦，我覺得好醜，這讓我自卑好久。

可是曹正彥卻說：

『妳笑起來和孫燕姿更像，很好看，很舒服，很有感染力。』

我不明白為什麼他的話對我而言就是特別有說服力，不只是我的笑，還有心形的金項鍊也是，那是我十五歲的生日禮物，媽媽送給我的，本來我覺得戴金項鍊好土、一定會被同學笑，可是曹正彥卻說：

『很好看，女生戴心形的項鍊很好看。』

往後回想起來連我自己也驚訝的是，原來早在不知不覺中，我已經把他當成神一樣的崇拜著，在我心裡、在我思考裡，神，是的，神，彷彿鷹一般高高在上的，神。遠遠看來遙不可及，實則相處卻平易近人。

而實際上曹正彥真的很神沒有錯。

那天是星期五，我記得很清楚，因為星期五通常一放學就不會再看見曹正彥的身影，因為他沒意外的話都會早早趕去台中找張靖，因為任誰都看得出來，他真的很愛很愛張靖。

本來蕭凱軒還自信滿滿的和那個蟑螂打賭距離會阻斷他們的交往，不過聽說那個賭蕭凱軒輸慘了，而代價是要去那個蟑螂家打掃雞舍，那是認識蕭凱軒以來，我第一次打從心底同情他。

我其實不太明白為什麼每每聊起張靖時，蕭凱軒總是一副不屑的表情，我以為那只是單純的因為當初蕭凱軒沒追到張靖的由愛生恨，不過關於這點，他本人倒是很難得認真的生氣：

『我喜歡過張靖，沒問題，不否認！可是妳知道嗎？同時我也很明白，就算我真的追到她，有天我也還是會甩了她，我會愛她，但我不會愛她太久，而且我知道十個追張靖的男生，有九個都是我這樣！』

「為什麼？」

『因為她沒有心，沒有心的人很好被愛，但沒有心的人通常不會認真愛人，因為沒有心的人只想被愛。』大概是意識到自己未免也過分動了氣那般，蕭凱軒擠眉弄眼的扮了扮鬼臉，重新恢復成平時不正經的痞樣：『不過還好她選擇了剩下的那一個，這是她唯一聰明的地方。』

這是她唯一聰明的地方，蕭凱軒說，她選擇了曹正彥。

曹正彥。

然而那個星期五曹正彥並沒有一如往常的去台中找他心愛的張靖，卻是反常的和蕭凱軒跑來找我，而時間是午夜前的十分鐘。

午夜前的十分鐘，我差不多都躺平快睡著了，結果卻被陽台窗外奇怪的聲響給嚇醒，一開始我以為是小偷，後來聽到陽台外有人悄聲喊著小雨時，我才知道原來是他們兩個人。

『喂！給妳買消夜來啦！』

『超好吃的刈包，開了我們半小時車專門買來的。』

「啊？」

『慶祝妳發行新專輯啦！《我要的幸福》！哈～～』

『下來吃啦！快冷掉了啦！』

我只覺得一陣混亂，因為首先：為什麼是刈包？並且——

「不行啦！我們家鐵捲門已經拉下來了，開門的話會吵到我爸媽啦。」

『那我丟上去給妳好了。』

曹正彥說。

「怎麼可能呀？這裡是二樓耶。」

『看我的！一八六可不是白長的！』

「不可能的啦。」

不可能的啦，我說，然後我驚呼，以及傻眼，因為曹正彥當真就把刈包當成籃球般的往上拋，往上拋，拋出一道神奇的拋物線，在空中。

『看吧？我就說可以，我曹正彥，沒有不可能！哈～～』

抬頭仰望著精準地被拋到我手心裡甚至還完整的刈包，笑容在曹正彥的臉上漾開來，而那天的月亮，很圓。

滿月。

『喂！下來啦！今天天氣這麼好，我們去猴探井看夜景。』

回過神來，我聽見蕭凱軒吼著。

很奇怪，他的話語裡明明是開心的提議看夜景，因為天氣好，因為月色美，可是從他的表情裡卻完全讀不出任何開心的成分。

「不行啦！我家鐵捲門——」

『那就從陽台跳下來啊。』

「怎麼可能呀？這裡起碼三公尺——」

打斷我，蕭凱軒挑釁的說：『叫一八六接住妳不就好了？』

而，連我自己也感到驚訝的是，我竟就被激到了的，跳。

跳。

我不明白他為什麼要激將法，我不明白怎麼會我吃激將法，我只知道曹正彥果真也精準的接住了我。

神！

神。

猴探井，看夜景，三個人，啤酒滷味和煙火，天氣很好月色很美但氣氛卻奇異的低迷；朝著山下放完煙火之後，我們僅是沉默的遙望著黑夜裡的萬家燈火，其實也可以說是，沉默的被山下的萬家燈火遙望著。

『欸，你們知道為什麼在夜晚有時候這些燈光看起來都成了灰濛濛的光圈一閃一閃的？』

黑夜中，曹正彥打破沉默、找話聊似的問。

『距離。』

『不是，再猜。』

『我懶。』

「為什麼啊？」

『因為灰塵。』

「咦？」

我問，而至於蕭凱軒則是很沒勁似的自顧著抽菸。

『因為空氣中的灰塵，下過雨就不會了，所以下過雨後來看夜景是最美的。』

「哦。」

『嗯。』想了想，曹正彥決定把這話題繼續，『不過距離也對。』

『終於肯說囉？』

『呵。』

『幹！我雞圈白洗了！臭死我真的是！』

『我們只是冷戰，不是分手，你少唱衰！』

難怪他今天會在這裡卻不是在那裡。

「怎麼啦？」

『因為壞天氣呀。』

「壞天氣？」

『吼！妳自己唱的歌自己還不知道哦？』

蕭凱軒又扯開喉嚨大呼小叫著，而且順便還拍了一下我的額頭，我實在很討厭他這個舉動，可是我卻總又不敢直接說出口。

我想我是真的很膽小。

『她在那裡認識了個好朋友，她變得很喜歡跟她在一起，太喜歡跟她在一起，喜歡到她越來越沒空，沒空到甚至希望我別去找她也沒關係。』

『男的？』

『女的。』

『那你擔心個屁呀？』

『我不擔心，我只是……嗯。』

——沒辦法，她沒有我不敢出門。

我想起曹正彥曾經說過的這句話，我想起他說這句話時臉上的表情，愛的表情。

『我會太大男人了嗎？』

回過神來，我聽見曹正彥這麼問著。

「我覺得剛好耶。」

我說，可是聲音太小以至於被蕭凱軒那個大聲公給蓋去，結果話到了曹正彥的耳裡只剩下蕭凱軒的這個回答：

『你要是不大男人的話，這世界上就沒有大男人啦！同學。』

『嘖。』

『哈～～』

『有時候我覺得她其實並不愛我。』曹正彥悶悶的說，突然的說；『其實我上週末就不用去找她了，可是我又拉不下臉讓你知道，就只好一個人開著車到處亂晃，在夜裡，夜裡的高速公路，很美，沒想到原來夜裡的高速公路那麼美，呵。一個人開著車上高速公路，本來很想就這麼開回高雄的，可是不知道為什麼終究還是沒有這麼做。』只是，當才一說完，他卻又立刻反悔了，於是他趕在我們反應過來之前，他快快的把話題又轉開：『不過其實這也不是我們第一次吵架。』

『我還以為你捨不得和張靖吵架咧。』

「為什麼？」

『因為他超讓張靖的啦！簡直是把她當成女神一樣的捧在手心裡疼。』嘖了一聲，『搞不懂！』

好好哦。我說，在心底偷偷的說。

『她要去台中唸舞蹈科的時候我們就吵過了。』

『那算哪門子吵架？』蕭凱軒撇了撇腦袋，一副快要受不了了的表情，『你從頭到尾只悶著臉說了一句：這樣子我們只能週末見面了。而已，俗辣！』

『喂！夠囉！』苦笑著，曹正彥似乎是試著想解釋的樣子：『我只是怕把她嚇哭，這樣也不行哦？』

「張靖會哭？」

『不，她幾乎不哭。』望著在，在黑夜中，我卻清楚地看見曹正彥眼中脆弱的不安，『就是因為這樣我才怕。』

「怕什麼？」

『怕她有乾眼症哦？哈～～』

蕭凱軒依舊不正經的亂開玩笑，可是這次曹正彥不理他，自顧著低聲說道：『因為我媽就是這樣，她幾乎不哭。』

「你媽——」

『啊啊～～下場雨吧老天爺！』突兀的打斷我，曹正彥起身，對著台中的方向宣洩似的吼著：『下場雨把灰塵帶走呀！我想要看好夜景啦～～』

『是好夜景還是好愛情？』

『閉嘴啦！』

『哈！分手啦！』

『閉嘴啦！』

『你喝醉了你！』

『閉嘴啦！』

這三個字是在猴探井的夜景裡，最後曹正彥唯一肯再說的話。

下山，回家。

在回家的路上，曹正彥執意要先送蕭凱軒回家，這決定讓蕭凱軒很不高興的樣子，雖然我不明白他為什麼要不高興，雖然其實我自己很高興。

雖然。

『謝謝妳跳下來，那時候，從陽台。』

在送蕭凱軒的車上，只剩下我們獨處的車上，曹正彥握著方向盤，眼神直視著前方，說。

『因為我今天心情真的很不好，所以把蕭凱軒拉出來陪我廝混了一整晚，可是心情還是很差，差透了。』

「我——」

『所以蕭凱軒就提議我們去找妳，不好意思呀，大半夜的還把妳拖出門。』

「沒關係啦，反正我也沒事嘛。」

『很奇怪，然後我的心情就慢慢回溫了，妳來了之後，果真是另一種形式的雨呀，洗掉了我的壞心情，乾淨了，乾淨。』笑了笑，在紅燈前，曹正彥踩下煞車，轉頭他筆直的凝望著我，『可能是因為妳的笑容吧，很有感染力，我真的很喜歡看著妳的笑。』

我只覺得心臟漏跳了好幾拍，我覺得這樣子好像是告白，不，就算不是告白、我也偏執的把這當成是告白；我心想在這時候我是不是該說些什麼話，就算被拒絕，就算被當作是我的自作多情也好，也好。

可是結果我說的卻是：「呃……綠燈了。」

這樣而已。

我真的好氣我的笨嘴巴。

好氣。

那是第一次我和曹正彥真正的獨處，雖然只有短短十分鐘不到的車程。

那是第一次我覺得他愛我，打從心底這麼覺得，允許自己這麼覺得。

雖然，實際上，他從來沒有愛過我，他只是喜歡我。從來。

他從頭到尾只愛過張靖，毫無道理的那種，而，這麼簡單的道理，我卻花了好幾年的時間，才懂。

或者應該說是，才願意懂。

幾天之後，我從蕭凱軒的口中聽到他們又合好的消息，我覺得有點失落，但卻不至於太難過；還有，我更感覺到驚訝的是，蕭凱軒竟送了隻手機給我：

『哪、妳沒手機，太不方便了。』用一種很不自然的表情，蕭凱軒硬是把手機塞到我的手上，也不管我要是不要，『就像那天晚上，我們又不方便打電話到妳家，有手機的話就會方便很多。』

「可是——」

『還有，妳，有喜歡的人嗎？』

「幹嘛啦？你今天怪怪的耶。」

『沒有啊，怎會啊？』悶悶的低著頭，蕭凱軒說：『反正，妳如果有喜歡的人，想跟誰交往都可以，但，就是不要跟曹正彥。』

「為什麼？」

『因為他很愛張靖啊。』並且：『反正不管啦！今天是我生日，妳就當作是送給我的生日禮物好了。』

第四章

暗湧

如果只有一個選擇的話，選愛妳的人，
別選妳愛的卻不愛妳的。
早就知道的道理
卻
從沒選擇過我
不後悔的我

之一
曹正彥

張靖打電話給我，在冷戰的第五天之後，在午夜前的十分鐘，張靖打電話給我，這是我們交往的三年多以來，她第一次主動打電話給我。

『不要生我的氣。』

而，這是她開口的第一句話。

『不要生我的氣。』

在彼此都短暫的沉默之後，張靖又重複了一次，而這次，她的聲音裡多了哀求的成分，然後，我聽見自己心軟的聲音：

「我沒有生妳的氣。」

我是在吃醋，妳那個好朋友的醋。在心底，我補上這一句。

『也不要生耿耿的氣，好嗎？』

耿耿，她的那個好朋友，我聽她提起過好幾次，我聽她提起過太多次，但是不知道為什麼，我始終不想去記住的名字；我於是沒有回答，我決定讓她繼續說下去。

她想要訴說，我心想。

難得的訴說。

『從以前就沒什麼人想跟我做朋友，上課時還好，但下課就很難受，每個人都在聊天都在說笑甚至是在吵架打架，可是就只有我一個人坐在位子上落單，那讓我很不知所措，而且很難受；我不知道為什麼會這樣，而且，時間久了，我反而就更不想要去知道為什麼了。』

「小靖……他們不是排擠妳，他們只是不知道該怎麼——」

『讓我說，小彥，今天，讓我說。』

「好。」

『他們只是覺得我冷漠我高傲我距離感重，我知道，可是我不知道他們為什麼要這樣子看我，是因為我的身高我的長相嗎？呵。』苦笑，張靖苦笑，『可是我不是這樣子的人哪，我是嗎？』

「妳不是。」

妳看起來是，但妳不是，只要認識之後就會知道妳不是，但問題就出在於，他們不敢去認識妳。

我心想，然後心疼。

心疼。

『然後那天，我永遠記得那天，是雨天，你知道我說的是哪天嗎？』

「我知道，是雨天，我也記得。」

我們都記得，我們一起回憶，三年多前的那天，我走向張靖的那天。

『呵，那天下課，你走到我們班來，你喊了我的名字，然後你說你喜歡我，我……很快樂。』哽咽，張靖哽咽，『我不知道該怎麼說才正確，但就是……嗯，很快樂。你那麼有名哪那麼多女生喜歡你，沒記錯的話，那個校花也跟你告白過，對吧？』

嗯。

『她好美，誰看了都會覺得她好美的那種完全性的美，典型的美人臉，而且又好瘦，吃不胖，好羨慕。』

『小靖——』

『噓。』打斷我，張靖繼續說著：『可是你走向的人是我，沒有朋友、自閉孤僻又流言纏身的我，你知道嗎小彥？我有時候甚至會覺得你應該喜歡的人是——』

「我愛的人是妳、小靖，從頭到尾我愛的就只有妳，這樣的妳。」

『我……我也是，我愛你，我指的是這個，我知道我從來沒有說過我愛你，我沒說，不是因為我不愛不在乎，而是我真的不知道該怎麼說？在什麼時候說？用什麼表情說？』

可是張靖……我從來沒有要妳說呀……從來沒有，我只要妳、快樂一點，還想要妳、是因為我而快樂，只是這樣而已。

這樣。

『在別人看來，不，甚至是在你看來可能也是，可能我好像只是被動的讓你愛著，享受著你對我的好、你給我的愛；你對我真的很好、小彥，真的很好，可是我不是因為你對我好才愛你，我是——』嘆了口氣，張靖嘆了口氣，『我是不太習慣說這些，我知道愛一個人就要讓對方知道，可是我真的、不習慣把愛掛在嘴上。』

「我知道，所以我從來不管別人怎麼說，可是小靖——」

再一次的，張靖打斷我。

『可是小彥你知道嗎？你不管別人怎麼說、是因為別人不敢對你說，可是他們……嗯。』

「說下去！」

『他們會跑來問我，把我叫去說一大堆的話，很不舒服，和你交往之後，我變得開始害怕一個人，我本來是習慣了一個人的，可是後來變成只要你不在我身邊的時候，我，就會很害怕，害怕被他們煩，我——』

「有人騷擾妳？」

『不是騷擾，只是問，還有說，說一些連我聽了都好生氣的流言，我是不怎麼會生氣的人，這你是知道的吧？』

「我知道。」

『嗯，那些流言很、傷人，我不太想要回想、我甚至並不想要把它們說出口，我覺得好髒。』

「妳為什麼都不告訴我？」

『我怕你會生氣，然後去揍他們，接著他們又跑來煩我，沒完沒了的。可是小彥，你又不可能總是在我身邊，不是嗎？』

「但妳還是應該告訴我呀、小靖！應該告訴我的！」

『所以為什麼我想離開那裡就是這個原因，我想要去一個沒有他們的地方重新開始，學我最愛的舞，夢想當個舞者，就算依舊過著還是沒有朋友的生活也好。』

可是妳有了朋友，在那裡，在那新的地方，沒有我的地方，妳有了新的朋友，在妳眼中、比我還重要的朋友。

『可是我有了朋友，耿耿。她下課會來找我說話，舞蹈課時主動邀我當舞伴，分組時我不用再尷尬會落單，放學後也不用再煩惱你是會來接我還是和蕭凱軒出去玩。』

「……」

『我，現在很快樂，學著我最愛的舞蹈，有一個合得來的好朋友，還有你，又高又帥的男朋友，每個週末都來找我，這讓同學她們很羨慕，羨慕卻不是說些奇怪的流言，我，很喜歡現在的生活，這樣的自己。』

「妳的意思是要和我分手嗎？」

『不！怎麼會呢？你怎麼會聽成那樣呢？』張靖怯怯的說：『我的表達能力好像真的很不行。』她苦笑，『我的意思是，不要讓我失去你，好嗎？你是我的快樂裡的一部分，最重要的部分，可是我真的、也需要朋友，自己的朋友。』

「……」

『我，一直很孤單，我不想失去耿耿但我更不想失去的是你，如果沒有了你，我可能、我不知道，我——』

「我去找妳！」

『現在？』

「現在。」

花了一個小時左右的車程、我去找張靖，我思念的張靖；本來只是想要見她一面、甚至只看她一眼、就好，都好；但結果卻留下來過了一整夜，然後延長為一整天，最後結果竟待了整十天；整十天我都待在張靖那裡，陪她生活、送她上課、看她練舞，還有，試著喜歡她的好朋友，試著。

這是我上高職以後第一次的蹺課，整整十天，為的只是和張靖待在一起，很瘋，我知道這很瘋，瘋狂卻幸福。

回來之後我沒先回家反而是直接找蕭凱軒，我沒忘記我錯過他的生日，在這十天裡。

本來我以為這會被蕭凱軒海虧一頓或者酸一頓，但很奇怪的是、他竟沒有；蕭凱軒看起來很沒勁的樣子，有氣無力的聽完我們的十天之後，他只說了這一句話：

『你錯過了認識我的第三個生日。』

果然。

「我有記得傳簡訊祝你生日快樂哦。」有點心虛的、我回答，想了想，我決定再補上這一句：「反正我們還有很多的三年，不差這一次。」

『也對。』

「結果咧？你生日怎麼過？」

『沒怎麼過呀，就收了我媽一大把現金，吃了個無聊蛋糕但沒唱生日快樂歌，然後回房間玩了整夜的連線，空虛。』

「你沒找小雨一起慶祝？」

他搖頭，然後改變主意，他點頭。

『有啦，午休的時候我有去他們班找她，還送她一隻手機，然後她好像覺得很奇怪的樣子，但可能是怕我兇她吧，所以就還是收下了，哦，她有記得那天我生日，所以說了一句生日快樂，還把她本來要喝的純喫茶送我喝，以上。』

「以上個屁啦！你沒順便告白？」

『告白個屁！我又沒有很喜歡她。』

死鴨子嘴硬，這愛情白痴。
「不喜歡她幹嘛送她手機？還有事沒事就找她一起出來？」
『方便聯絡啊。』
「蕭凱子。」
『就是凱啦怎樣！喂！給根菸先啦！』兩根菸，抽，把指間的香菸以一種仇人似的姿態狠狠吸進一口之後，蕭凱軒才又說：『你知道嗎？這十天我都沒抽菸，真像個操他媽的乖兒子。』
「你戒菸？」
『沒，只是單純的習慣抽你的隨手菸。』
「神經病。」
『也沒去找蕭雨萱、這十天，除了我生日那天。』
「為什麼？」
『不知道，就、怪怪的，變得不知道該怎麼跟她講話，可能是太習慣我們是三個人的單位了吧，很怪。』
很怪，他話裡沒有指責，但聽進我的耳裡，卻淨是責備。
「就像以前你坐她後面時那樣就好啦。」
『然後就開始變成下午班同學了。』可能是不想繼續這個話題了吧，蕭凱軒沒回應我卻是自顧著說，望著前方，他自顧著說：『變成十六歲的第二天開始，我決定當下午班同學，哈！』

「下午班同學？」

『下午班同學，我們班給我取的新綽號，下午才來上班的蕭同學，哈～～』

「幹嘛這樣？」

我們不是約好了上高職後就不要再蹺課的嗎？我想問，但我沒問，因為我覺得自己沒有資格問。

是我先失約蹺課的，我知道，所以我沒問。

『無聊呀，所以就乾脆讓自己睡飽再上啦，哈～～』

「白爛喔你。」

『嗯呀。』

雖然只有一根菸時間的沉默，但感覺卻像是過了一個世紀那麼久了之後，蕭凱軒才終於打破沉默的說：

『你知道我國中的時候揍過蟑螂嗎？』

「不知道，怎樣嗎？」

『我也忘了那次幹嘛揍他，不過應該是看他胖不順眼就叫過來揍一頓這類的吧。』

「哦。」

『你看什麼看？我記得那是我決定要揍他時的開場白。』

「大家好像都是這一句。」

『嗯，然後他反應不過來的「啊？」了一句，我接著說：還回嘴！然後就把他揍到尿褲子。』

他這幾天怎麼了嗎？

「幹嘛突然講這個？」

『就突然想講呀。』

「哦。」

『我們現在回頭看國中，會覺得幼稚得要命，那麼以後的我們回頭看現在呢？』

「一樣啊。」

『喂！問你，我人緣還算不錯吧？』

「好透啦！不然幹嘛選你當康樂？」

『嗯，我從國小就一路康樂到現在。』又燃起一根菸，蕭凱軒才繼續說道：『可是很奇怪，你不在的這幾天，我突然發現班上我找不到一個能講話的人，我知道只要我隨便走向誰就可以隨便聊很久，可是不知道為什麼我就是沒勁。』

我覺得他心情不好的程度遠遠超過我的想像，我是很想問他怎麼了的，可是他臉上的表情卻明顯的告訴我最好不要這麼問。

我於是沒問，我只聽。

『然後我就想到蟑螂，我想到我們三個人還滿常一起幹嘛幹嘛的，所以我想不如找他講話吧！實在無聊到快瘋掉的下課時。』

「可是你只是想想結果卻沒有？」

『可是我只是想想結果卻沒有。』

「因為你想到你國中時揍過他？」

『因為我發現我居然又想揍他。』

「怎麼了？」

『我受不了他下課時一個人坐在座位上看書，』呸了一聲，『村上春樹？那是什麼鬼？』

那是我們都喜歡的作家，那是我後來送給蟑螂的整套村上春樹，因為他沒錢買，而我沒空看，他不是什麼鬼，他是村上春樹。

在心底囉嗦了這麼一堆之後，回過神來，才發現蕭凱軒也還繼續在囉嗦著：

『……這傢伙為什麼一個人也可以那麼沒有所謂的自在呢？搞不懂呀！不知道為什麼那時候我瞪著他，我這樣想，然後發現自己一肚子火大。』

「結果你沒揍他吧？」

『沒。』
「嗯。」
『因為他是你朋友。』
「哦。」
『而且他現在也比我高了。』
「啥？」
『蟑螂，他國中時比我矮，可是他現在比我高了。』
「……」
『一八六，那天在蕭雨萱她家樓下你記得吧？你說你一八六不是白長的，我知道你不是故意說來激我的，可是我就是聽得很火大。』
「身高又不代表什麼。」
『換成你只有一六八時再跟我說這句話。』
「神經病。」
神經病。
『有時候我覺得她其實並不愛我。』沒頭沒腦的，蕭凱軒突然蹦出這句話，『在猴探井，你不是有講到這句話？』
「嗯呀。」

『你講了之後，不知道為什麼我居然發神經的很想哭。』
「原來你也愛張靖哦。」
『你白痴哦！』
然後蕭凱軒就笑了，然後我就鬆了口氣；還好這個幽默有成功。
還好。

「寒假找幾天，大家約一約，我們去日月潭玩吧？」
『幹嘛？』
「因為我們認識三年來還沒一起去過日月潭啊。」
『為什麼是日月潭？』
「因為是日月潭啊。」
『哦。』
「我會找你也愛的張靖，當然。」
『你討皮痛哦？我真的不愛她啦！』
「我知道啦。」你愛的不是她，你愛的是另外一個絕口不承認的她，我當然知道。
「你知道我講的是哪個大家啦。」
『災啦。』

「我們四個人哦。」四個人，我說。而其實我真正想說的是兩對。「到時候你別對張靖不禮貌哦。」

『我什麼時候對她不禮貌了？』

「你一直對她很不禮貌。」

『我只是不想跟她講話而已。』

「喂。」

『好啦好啦。』起身，蕭凱軒伸了個不自然的懶腰，『我會試著和她做朋友啦。』

「那就好。」

『你們不要給我分手。』

最後，蕭凱軒這麼說。

當時我以為他只是純粹為了我而接受張靖於是的祝福，然而往後回想時，我發現，其實我們都錯得厲害。

都錯得厲害。

錯……

之二
蕭雨萱

寒假找一天去日月潭看看吧！蕭凱軒說。是曹正彥約的，還有張靖一起！蕭凱軒強調。

可是整個寒假過去，我們卻始終沒有成行，整個寒假裡我們去了好幾次猴探井看夜景（曹正彥很堅持下過雨的夜晚我們就必須上猴探井看雨後的夜景。必須，他當時用的是這兩個字沒錯，必須），我們去了王宮看海踏浪（他們兩個人還在海邊演起瓊瑤的海邊追逐浪漫戲，真是夠了），我們還臨時起意的去了阿里山等日出（並且在那裡喝掉了或許可以填滿日月潭那麼深的啤酒，他們兩個喝的、主要是），我們甚至去了清境為的只是喝一杯台灣最高處的星巴克咖啡（但我喝的是熱巧克力，我對咖啡沒興趣，我覺得那是大人喝的東西）；我們幾乎中部的哪都去了、這整個寒假，但卻只唯獨只缺日月潭，雖然他們都沒有說為什麼，但我想那大概是因為張靖很忙的關係吧！我想。

雖然我真正在想的是：為什麼不能夠就只是我們三個人去呢？像平常那樣，我們三個人，一通電話，一個邀約，甚至是直接開車到我家樓下按喇叭那樣，三個人，我們。

我只是在想，我沒有勇氣問，是沒有勇氣也是明白問也多餘，我感覺得出來曹正彥好像很堅持日月潭這個地方一定要有張靖同行才可以，我不明白為什麼，我沒有勇氣問。

張靖。

整個寒假張靖都沒有回家，不，更正確的說法是，整個寒假我們隔壁鄰居都沒有人在家，我不太明白為什麼連過年這種日子他們依舊不回家來，我不明白過年不回家，他們能去哪裡呢？

本來就是不怎麼出現的鄰居，後來變成幾乎不再出現的鄰居，我們始終不知道那一家人過著怎麼樣的生活？為什麼都不回家？我們難免好奇，但我們儘可能不加入和街頭巷尾的婆婆媽媽們閒言閒話道人長短，媽媽說那樣很不厚道，媽媽始終堅持雖然我們住在鄉下地方，但我們還是可以不用活得像個鄉下人那樣，可以的話我真希望媽媽像個鄉下人一樣和鄰居的婆婆媽媽們道人長短，因為這樣的話我就可以由媽媽那邊知道隔壁鄰居的種種、知道張靖為什麼不愛回家，可是媽媽不三姑六婆，媽媽是個台北小姐，媽媽從沒忘記這件事情。

台北。

過年的時候我們全家回外婆家過年，淡水還是沒怎麼變，多了一些、少了一些，不過大抵都還在我記憶的範圍裡，我們的淡水沒變，變的是我們。

我們，我和華琳。

華琳覺得我很傻、每當我提起曹正彥時，她總是嗤之以鼻著我過度美化這個人；我越來越明顯感覺出華琳對於曹正彥的反感，我其實知道她反感的是我以崇拜的口吻提起曹正彥，她反感；本來我心想這只是因為華琳沒有見過曹正彥本人所以不會明白的緣故，直到過年回外婆家的那次見面，我才明白那其實只單純的是因為華琳變了，變得超出我記憶的範圍。

她討厭的不是曹正彥不是我的崇拜，卻是透過她的眼睛所看見的每個人每件事，都討厭。

變。

在淡水的這家可以眺望淡海的我們國中時每次月考後就會來到這裡喝果汁的咖啡館裡，我望著坐在我對面的華琳，我望著擺在她面前續杯又續杯的熱咖啡，我看見改變。

華琳變得好有女人味而且注重打扮，雖然依舊明顯看得出來還是學生模樣，不過卻變成是逐漸往大人世界裡偏去的那種，變。

在那次的談話裡，華琳不再是一如往常的把談話重心專注於她不再是全校第一名這件事的沮喪裡，卻像個激進派的女權主義者那般，把她滿肚子的理論往我倒來，我其實聽不太懂什麼吳爾芙什麼自己的房間什麼物化女性什麼什麼的，我當然知道這是因為我不夠聰明、不像華琳那麼聰明，我的聰明只夠到讓自己察覺到華琳的不快樂，很不快樂；華琳如願的考上第一志願穿上綠色制服，可是她卻變得很不快樂，不快樂巨大到令深陷其中的她自己也沒能察覺。

像個困獸之鬥似的，如今的華琳。

好幾度我想打斷華琳，直接了當的問她怎麼啦？可是華琳一直說呀說的說呀說的，在那大量的跳躍式的話語傾倒裡，我只記得：『不要讓妳的愛情變成只是被利用。』還有：『如果只有一個選擇的話，還愛妳的人，別選妳愛的卻不愛妳的。』

我沒想到這會是我和華琳最後一次的面對面談話。

許久之後我才知道當時的華琳正處於某個情感風暴裡，而至於是什麼樣的情感風暴？對方是什麼樣的人？為什麼？我們不得而知，我們所有人。

華琳畢業典禮的當天，懷抱著存心故意要某人永遠內疚的幼稚心態下，選擇在自己的房間裡吞下大量的藥物然後上吊結束早逝的生命，沒留下遺書，只留下她的決心還有不快樂，就這麼寂寞而無解的死掉。

我們始終不明白她為什麼要自殺？只明白她不是為了自己而結束生命。

在幾年之後，明白，我。

我。

我真正想去的是愛河而不是日月潭，其實。

在那最後一次的談話裡，我記得我曾經這麼告訴華琳，可是華琳並沒有說什麼，華琳只忙著說她的不快樂，連她自己也沒察覺的巨大的不快樂，於是這個話題就這麼被寂寞的略過。

我真正想去看看的地方是愛河，其實；就算是只看一眼也好的那種，真的；那年第一次遇見曹正彥時，由他口中說出來的這兩個字、愛河，從他口中說出，不知怎的、特別有吸引力的，愛河。

當這個話題再度被我提起時，季節已經來到了夏，暑假，凱柔姐姐回來的這個暑假；而那夜我們三個人在猴探井聽的〈壞天氣〉也因為《風箏》這張新專輯的推出而正式變成舊歌了。

不知道他們會不會因此又半夜開車跑來我家樓下丟刈包呢？我心想……

『妳別被它的名字騙去啦！笨小雨！愛河其實很臭的，只要是高雄人都知道。』凱柔姐姐說，在凱柔姐姐精心佈置的吉普賽風房間裡，她聽了之後哈哈大笑的，說。

而當時我們正在她的房間裡算塔羅牌，因為凱柔姐姐這次回來突然的對塔羅牌產生激烈的興趣，所以她非常的需要對象供她練習，也於是我和妹妹理所當然的變成她的練習對象。

說來也好玩，上個夏天凱柔姐姐意志堅決的要當導遊（而且還是歐洲線的導遊）遠走高飛，可這個夏天她卻堅持自己是個吉普賽女郎（而且也果真把自己打扮成吉普賽女郎），我懷疑她其實只是著迷所有與流浪有關的元素，著迷，且追逐，還身體力行。

「可是我就是很想去看看叫做愛河的河會是個什麼樣的河嘛。」

『就很一般呀，而且很臭啦。』

『別理我姐了啦！凱柔姐姐先幫我算嘛！我要算愛情！』

『妳有男朋友？』

『沒有呀，所以才想算看看初戀什麼時候嘛！』

『妳才幾歲呀老天爺？現在小孩子怎麼搞的越來越早熟啦？』翻了翻白眼，凱柔姐姐還是繼續問：『暗戀的人？』

『嗯嗯。』

『誰？』

『正彥哥哥。』

『那不用算了啦，浪費我時間。』

『為什麼？』

『因為沒可能的啦。』
『幹嘛要這樣！過分吶！』
我忍不住笑了出來。
『喂！小雨！妳先切牌，然後雙手放在牌上面，在心底默唸妳的名字和對方的名字，然後抽牌，知道嗎？』
切牌，手放上，蕭雨萱，曹正彥，我默唸。
「好了。」
好了，我說，然後抽牌，然後凱柔姐姐睜大了眼的驚呼。
『天哪！和我弟一模一樣的牌像耶。』
蕭凱軒也算塔羅牌？不是吧？
『凱軒哥哥也算過哦？』
『對呀！而且是他自己跑來要我算的，可不是我逼他的哦。』極得意的笑了笑，凱柔姐姐把視線重新擱回我臉上，說：『這個人帶給妳戀愛的感覺，非常的那種，可是如果你們交往的話，最終只會因為很不愉快的原因痛苦分手。』
「……」
『嘖嘖嘖！跟我弟的牌像一模一樣。欸、我說，你們算的人不會就是對方吧？』
「才不是咧。」我還是半信半疑，「所以意思是我和這個人會交往嗎？」

『意思是，如果妳和這個人交往的話，最終只會因為很不愉快的原因痛苦分手。』

凱柔姐姐沒有明確的回答我，她只又強烈的重複了一次。

「那所以到底是會交往還是不會呢？」

凱柔姐姐還是不回答我，她索性把問題丟回給我：『姑且不論這塔羅牌準不準好了，小雨，我倒是問問妳！』好嚴肅的表情，『如果一段明知會結束而且是在痛苦裡結束的感情，妳為什麼還要執意追求？嗯？』

因為我已經愛了他兩年，而且我還知道是，我不會只愛他這兩年，卻是無數個兩年；我不知道為什麼我知道，但我就是知道我知道。

回過神，這我才發現她們的話題不知道已經聊到哪裡去，一開始聽時我還以為凱柔姐姐又在對著妹妹聲稱她的某世是女巫於是把自己打扮成吉普賽女郎住在吉普賽風的房間裡算著塔羅牌是她這輩子該走的路而非她去年堅持的導遊，然而仔細一聽才發現並不是。

瀕死經驗，凱柔姐姐正在聊的是。

『……我看見我自己哦！我飄在天花板上，飛了起來，輕飄飄的，好舒服。往下我看見自己躺在醫院的病床上，醫生在給我急救，而我爸媽在旁邊哭得好慘，凱軒也是哦，他那時候好像才五歲還六歲吧！不知道發生什麼事只知道很害怕的緊抱著我爸的大腿大哭，大哭哦！哭得鼻涕都流出來的哇哇大哭哦。』

『然後呢？』

『然後我看見我奶奶遠遠朝著我走過來，她告訴我時間還沒到，接著很粗魯的推了我一把，然後我倒抽了一口的驚醒，痛死了。』

『她推得很大力哦？』

『不是啦笨蛋！是醒來的我痛死了！畢竟是從山崖滾下去的死裡逃生的蕭凱柔我呀！』

「可是妳奶奶不是在蕭凱軒出生的那年就那個了嗎？」

『嗯呀，所以我當時看見的奶奶是鬼呀。』

『唔……好可怕哦。』

『不會啦！因為是自己的奶奶所以不會怕啦！反而覺得很親切咧。』

她騙妳的啦！笨蛋。在心底，我這麼嘖了妹妹一聲。

可是妹妹看起來好像嚇壞了似的，抱著膝蓋呢喃著：

『我也會看見大頭哦。』

大頭，我們家的狗，短毛的柴犬，離開了好幾年了已經，壽終正寢的那種。

大頭，我們家養的第一隻狗，在台北的那個家；小時候我們好愛好愛牠，幾乎是光看著牠就覺得心頭暖暖的那種、愛；半夜妹妹會偷偷爬下床溜去客廳看牠睡覺，每次有好吃的東西時總會偷偷先塞給牠的大頭，陪著我們一起長大的，大頭。

在大頭走了好幾年之後，我們才終於又有勇氣再養狗，小老頭，愛吃好色又愛撒嬌的英國牛頭犬，和大頭完全不一樣的狗，可是牠們相同的是，每當做錯事時，就會露出害羞的表情；妹妹搞不懂為什麼不能繼續叫牠大頭的小老頭，因為牠們是不一樣的兩隻狗，儘管我們懷抱著同樣的愛對牠們。

嗯。

『一開始我還以為是作惡夢，後來才想到可能是大頭回來看我吧！』

「少白痴了、妹妹！這世界上沒有鬼啦！」

更何況是狗！白痴妹妹！白痴！

『可是大頭真的回來看我而且還救過我嘛！』妹妹很堅持，『我騎腳踏車……等紅燈……大頭突然衝出來對著我一直叫，好兇好兇的一直叫……我嚇了一大跳！』妹妹斷斷續續的說著，她把膝蓋越抱越緊，而臉上是快要哭出來的表情，『……所以就先起身騎車……才一騎走，後面的招牌就掉了下來，才一騎走耶！如果沒騎走的話、我一定會被招牌砸死的！是大頭救了我，是大頭啦！』妹妹果真就哭了出來，大哭的扯開喉嚨大聲說著：『是大頭沒錯啦！我不可能認錯大頭的！牠的嘴邊那撮白毛不會錯的啦！是大頭救了我！牠知道我好愛牠嘛！牠知道我最愛牠了！牠——』

『好啦好啦，是大頭沒錯喲！凱柔姐姐也相信有鬼，而且是大頭救了妳，因為牠知道妳最愛牠了所以趕過來報答妳呀。』

難得溫柔的、凱柔姐姐輕拍著妹妹瘦弱的背，哄。

『可是搬來這裡以後我就沒看過大頭了……牠不知道跑哪裡去了……大頭可能不知道我們搬到哪裡去了……我不知道怎麼告訴大頭我們住在這裡……每次一想到這個我就好難過——』

「妹妹！這世界上沒有鬼！」

我低吼。我發現我真的很受不了妹妹。

『明明就有！只是妳看不到而已啦！』

「妳再這樣哭鬧我以後就不要帶妳來找凱柔姐姐！」

『姐姐最討厭了啦！』

「受不了。」

受不了。

就是在那個和凱柔姐姐算塔羅牌聊瀕死經驗而且還和妹妹大吵一架、事後嘔氣好幾天的晚上，我們誰也沒想到的是，同一時間的幾公里外，張靖正和死亡擦身而過。

擦身而過。

而至於約好了要去的日月潭，我們始終沒能去成。
我們，和張靖一起的，我們。

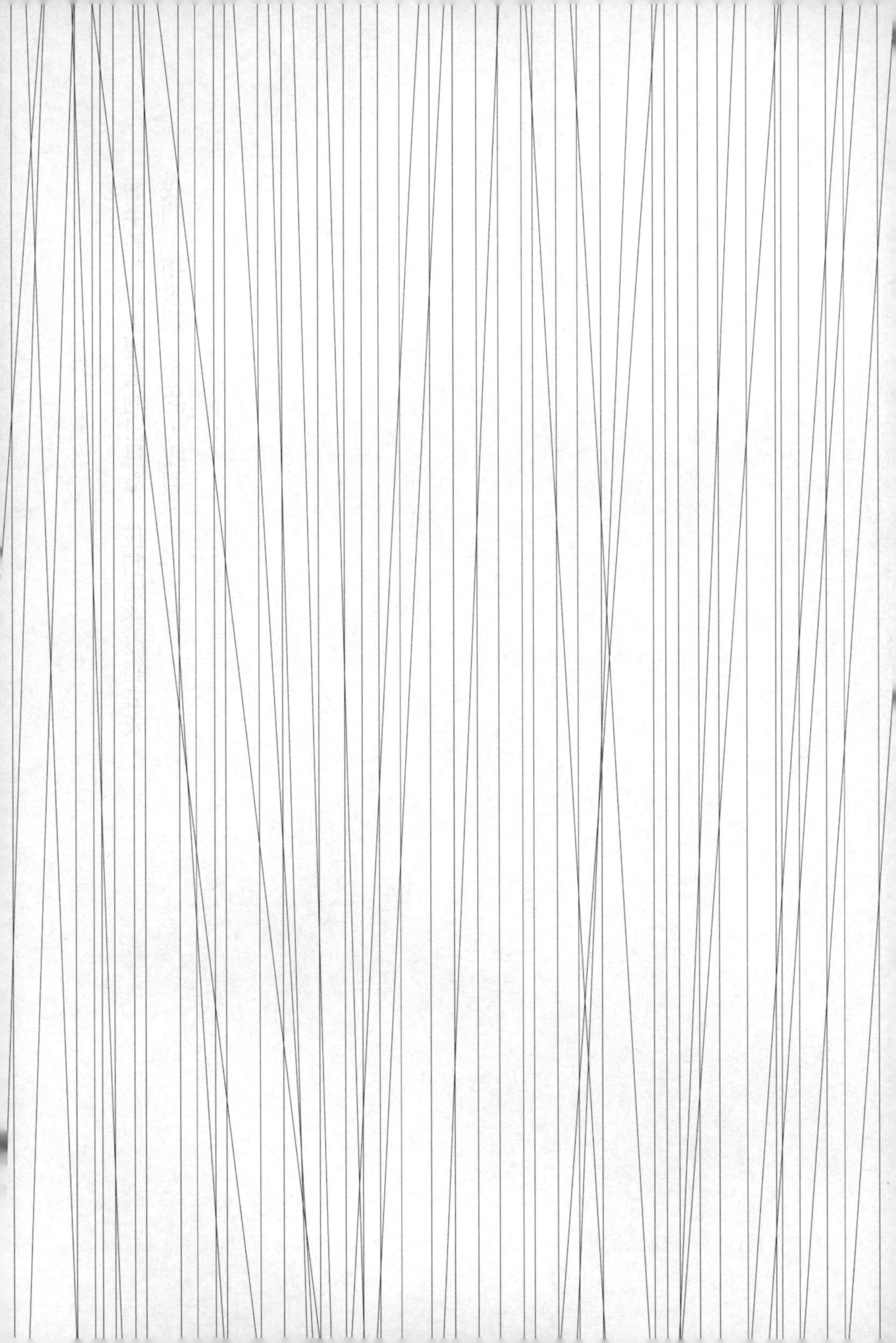

第五章

移轉

你相信前世今生嗎？

我相信。

我相信前世今生

也相信前生的愛情

移轉不了今世的糾纏

之一
曹正彥

『你要小心那個耿耿。』

不知道為什麼，當我手機裡響起那個耿耿的來電時，腦海裡直覺想起的、是蟑螂曾經告訴過我的這句話：你要小心那個耿耿。

過年時我們窩在蟑螂家裡喝著他爸爸的威士忌，聽著他哥哥收集的樂團唱盤時，突然的、蟑螂從他嘴裡丟出這句話來，像是猶豫了很久才決心說出的一句話，也像是突然想到於是未經思考就脫口而出的一句話。

那個耿耿。簡簡單單的四個字，沒有任何的情緒起伏、不加任何的言語形容，卻清楚明白的點明了不屑。

『你要小心那個耿耿。』蟑螂說，『我女朋友說她在她們班的風評很不好。』

「我女朋友說她在她們班人緣很好呀。」

『那是她在被知道以前。』

「什麼東西被知道？」

『T，你知道什麼是T嗎？』

「我知道。」

我知道。我說。把自己打扮成男生的女生，愛女生的女生。我心想。然後我想起在追到張靖之前，學校裡的那些種種謠言，而女同性戀，就是其中之一。

搖搖頭，我搖掉這個傻念頭。

「因為她是T，所以風評不好？」

『因為她是T，而且會亂弄女生，連不是女同性戀的女生也騷擾，所以風評不好。』

張靖沒說過這些。

『我女朋友被她騷擾過，唱KTV，藉酒裝瘋吃豆腐，我女朋友被弄得很不開心。』

「哦。」

『妳不擔心張靖嗎？她們兩個很好，在那個耿耿開始被班上排擠之後，只有張靖還和她走在一起。』

「幹嘛要擔心？因為她的好朋友是個T，就代表她也是T嗎？」

大概是聽出我話裡的不高興，於是蟑螂沒再說什麼，他只是聳聳肩膀，低頭把玻璃方杯裡的威士忌喝乾，然後起身把唱片換過一張，這樣而已。

而這件事情我當作聽過就算了，並沒有拿去煩張靖，我知道她需要朋友，我知道她從國中開始就一直沒來由的被流言纏身，我還知道每當別人向我提起問起張靖時，我的反應總是敏感的防備，我不知道為什麼他們都慣於刺探張靖、以一種不懷好意的心態，我更不知道的是，從不道人是非的張靖、為什麼卻總被是非攻擊？每當想起這點時，我總會很心疼張靖。

心疼。

我只希望張靖能快樂一點就好。

就好。

然而，當我再想起這件事情、這蟑螂提醒我要小心那個耿耿的這件事情時，是我的手機裡響起她的來電，而時序是夏，暑假，張靖還是不回來的暑假；我不知道她哪來我的號碼？只知道我聽到她的聲音時，我只有種不祥的預感。

她怎麼會有我的號碼？她為什麼突然在夜裡打電話給我？

在她表明身分那短短一秒鐘，我有滿肚子的疑問可是我來不及問，因為她接下來說的話語，慌亂的炸入我的耳膜。

車禍……重傷……急救……

在那冗長的沒有條理的慌亂話語裡，我只聽懂這三個關鍵字。

怎麼會？

當下我唯一只知道要自己冷靜，然後立刻驅車趕去照顧張靖，還有，別對她生氣、那個耿耿，她。

在急診室外，我們誰也沒看誰的站著，椅子是有，可是我們坐不住，都心急的坐不住，接著我聽她說，說這前後的經過。

心情很差。她說，她說她心情很差，所以要張靖陪她出門兜風透氣，一開始只是漫無目的地騎呀騎，後來也不確定是誰提議的、她強調，接著她們車速越飆越快，越飆越快，快得失控，失控得來不及閃避對面的來車，接下來的事你知道了，她說。

接下來她緊急煞車，車速太快，煞車太急，她被重心不穩於是倒下的機車壓住，壓傷左手，皮肉傷，沒大礙；而至於坐在機車後座的張靖，飛了出去，腦震盪，昏迷中，在急救，還有，左小腿是粉碎性骨折，以及，腳的左小指壞死，已切除。

『可能沒辦法跳舞了。』

醫生說，在徹底的急救結束之後。

『腿是保住了，但還是得住院一陣子再觀察，可能以後走路會輕微的跛，不過總算是不需要截肢，只是她應該沒辦法再跳舞了，她是舞者嗎？』

「舞蹈系的學生。」

『我聽見她一直夢魘的喊著她還要跳舞。』把眼鏡拿下來用袖子抹了抹，醫生看起來很疲憊的又說：『學生……她的家人呢？她沒有家人嗎？』

她有家人，她是有家人，可是她不喜歡她的家人，我不知道為什麼，我只知道從國中畢業之後他們就沒再見過面了。

「我是她男朋友，我會負責照顧她。」

我說，說給醫生聽，也說給那個耿耿聽，強忍住想要揍她的衝動，試著平靜的說給她聽，雖然我真正想說的是：從今而後，妳給我離張靖遠一點！

我會照顧她，我說，可是實際情形是，張靖不肯讓我照顧她，她說她的樣子很醜，她的傷口很不舒服，她不要那樣的自己被我看見、還照顧；恢復清醒之後的張靖還擔心耿耿有沒有事？她沒事，我回答，沒受傷，回家休息了，我說；可是我沒說的是，在張靖恢復清醒的那個凌晨，我要那個耿耿回家，然後警告她不准再出現我眼前、如果她也想保住腿的話，因為該失去腿的人是她不是張靖！

死同性戀，是的，我還咒了她這四個字，死同性戀。

張靖不讓我照顧她，可是張靖確實需要被照顧。我想過請看護，可是小姑姑不同意給我那麼大一筆錢。

『我已經給你夠多了，太多了。』小姑姑說，冷冷的說，還有，『還有，我們家族的人，從不開口要。』

去他媽的家族！去他媽的！

家族……

我想過打電話給爺爺，可是……

沒辦法，最後我只好硬著頭皮打電話給小雨，問她能不能幫我這個忙？本來我以為小雨會為難會推拖會拒絕會覺得我是不是搞錯什麼了，可沒想到結果她卻是一口就答應，小雨一口就答應，然後說：

『我妹妹小時候也常生病，所以我很會照顧病人。』並且，『有些事男生做不方便，我知道張靖在想什麼，你不要當她是鬧彆扭哦。』

就是那個當下，我忍不住哭了出來，從接到電話、趕到醫院的這一整天以來，我第一次終於哭了出來。

這是十歲那年、媽媽不告而別之後，我再一次感到無助的滋味，而，不同的是，這一次，我有朋友的幫助。

小雨。

從那天開始大概半個月左右的時間，每天蕭凱軒會開著我的車載小雨來醫院，他們會待上一整天，小雨照顧張靖的生活細節，而蕭凱軒陪我去買些食物以及生活用品，有時候我們會在醫院門口抽菸，通常不說話，只抽菸。

我感激他的陪伴，還有，不評論，因為那正是我需要的。

不評論。

那是我們最近也最遠的距離，我們，我和張靖。
這半個月裡，我們每天生活在一起，可是話，卻沒說上幾句，連眼神的交流，都沒有。
『好奇怪的腳。』
在辦理出院的那一天，張靖說，低頭望著她死後新生的腳、說，這是她車禍以來第一次主動開口說話，不再是點頭搖頭，或者是沉默著流眼淚。
低頭望著自己的腳，張靖第一次主動開口說話，彷彿她訴說的對象不是我、卻是她的腳那般。
「嗯？」
『小腿上的這塊皮膚，你發現了嗎？不太一樣。』
是不一樣，當然不一樣！妳小腿的骨頭全碎了，腿上的皮膚都爛了，所以醫生取下妳臀部的皮膚移植過去，然後新生，是不一樣，當然不一樣！
媽的！
「久了就看不出來了。」
結果我只是說了這句話，把憤怒忍下，我只淡淡的說了這句話。
我覺得好累。

『裡頭的鋼釘、也是久了就會習慣嗎？』
「會開刀拿出來，等骨頭癒合之後。」
『還要再開刀？』
誰叫妳他媽的和那死同性戀飆車！他媽的！
「嗯。」
『好醜。』
「疤會退的，醫生特別幫妳用美容針縫合——」
『我是說腳掌，沒了小指頭，畸形得好醜。』
「誰叫妳他媽的和那死同性戀飆車！」
忍不住的、我還是吼了出來。
我覺得好累。
「對不起。」
『謝謝……幫我跟小雨說謝謝，好嗎？她叫小雨、是吧？』
「嗯。」
她叫小雨，從我第一次看到她的時候，就希望她能和妳見面、能和妳當朋友，她會是個好朋友、對妳有幫助的那種好朋友，可是妳一直很忙，妳忙著和那——算了。
『麻煩她這樣照顧我，卻沒有跟她親口說聲謝謝，我……很抱歉。』

「我會轉達的。」
『我真的很抱歉，對你也是。』
「別說了。」
別說了。
我們從醫院一路沉默著回到張靖的住處，在下車後，她才又開口說：
『我想、我還是休學好了。』
「為什麼？」
『反正不能跳舞了，乾脆直接去工作吧，不知道有什麼工作是腳不好還能做的呢？』
我試著要自己別聽到最後那一句話，然後儘可能平靜的問：
「妳總是可以把書唸完吧？」
『可是醫藥費……』
「我會想辦法。」
『很大的一筆錢呢。』
「我說了我會想辦法！」
然後張靖噤聲，然後我才發現我的情緒又失控了。

『有錢真好，如果我們家也有錢的話，也不會這樣了吧……』

「小雨家也沒錢，怎麼就不會這樣！」

我們家很有錢，但我現在還不是這樣！錢又怎麼樣！他媽的！

『對不起。』

「我扶妳上樓吧。」

嘆了口氣，我說。

上樓。

『生日快樂。』

「嗯？」

『你明天生日，不是嗎？』

「嗯。」

『所以我才想今天就出院，聽說在醫院過生日會晦氣。』

「我又不迷信這個。」

『小彥……別再生我的氣了，好嗎？你生氣的樣子、我會害怕。』

「我沒生妳的氣。」

『好吧。』

「張靖！」

『嗯？』

「別再和那個耿耿混在一起了，就當作是送給我的生日禮物，好嗎？」

『……』

嘆了口氣，張靖點頭，點頭，卻沒說好。

我當她說好。

下樓，開車，在等待熱車的時候，我打了電話給小雨和蕭凱軒，我約他們去日月潭；我沒忘記我們約好了要找一天去日月潭看看，我沒忘記我們一直沒去成是因為張靖一直抽不出空，我沒忘記我記得他們一直很想去日月潭看看，我沒忘記他們一直沒再問的原因是我一直沒再提起過。

我沒忘記。

沒忘記明天就要去把這台車賣了好清還那一大筆的住院費用。

沒忘記。

日月潭，趁著我還擁有這台車的最後一天，我們來到日月潭，終於。

當我接完小雨和蕭凱軒來到日月潭的時候，天色已經從黃昏變成是夜晚了，而月亮，是滿月。

月圓。

望著天上的圓月，我聽見自己這麼說：

「日初要去阿里山，月圓要在日月潭，我媽說的。」

日初要去阿里山，月圓要在日月潭。媽媽說。小時候媽媽把我抱在她的膝蓋上時，她說的；媽媽常常把我抱在膝蓋上說著她和爸爸相識相戀的這些那些，他們都是不熱愛出國的人，他們不敢坐飛機，不敢也沒必要，他們覺得在台灣什麼都有了什麼都夠了，可是現在的他們一個人在東京，腿被爺爺打斷了，而一個在綠島，等著我十八歲那年出獄。

『那夕陽呢？』

小雨問。

然後我就笑了，當年我的反應也是接著問同樣的問題，當我坐在媽媽的膝蓋上時，那個還很小很小的我，仰著臉這麼問著媽媽。

就像現在的小雨，此時此刻的小雨。

「當然是我們的西子灣哪。」

於是我用同樣的回答回答小雨。

『不是愛河嗎？』

「愛河？為什麼？」

『沒有啦，只是突然想到而已。』

『你老家不是在愛河旁邊？』

「對啊。」對啊、我說，而且自從十歲那年離開後我就沒再回去過了，我心想；我心想，然後不知道為什麼，我突然很想要告訴他們這個祕密，在日月潭的月圓底下，我說：「知道嗎？那個女的不是我媽，而是我小姑姑。」

『哦？』

「小時候很多事我都搞不懂為什麼，久了倒也就沒想到要去搞懂了，因為沒必要，而且也沒有人會告訴我，可是今天，在開車去接你們的時候，突然的、很多事我回想，從頭到尾的回想，然後想著想著、突然的就懂了。」

『例如什麼事？』

「例如張靖。」

我回答蕭凱軒，本來我以為他會吐槽或者酸我個幾句，可是他沒有。

「我搞不懂為什麼我第一眼看到她就愛上她，本來我以為那叫做一見鍾情，可是今天我明白，終於明白，或許我只是從她身上看到我媽媽的影子，她們真的……很像。」

真的很像，越來越像。

『哦。』

「你不笑我戀母情結？」

『看你心情不好，留著以後再笑。』
然後我們就笑了，這蕭凱軒……
「你們有沒有聽過藍色月亮？」
『什麼藍色月亮？』
『沒聽過。』
「在二〇〇四年七月三十一日那天，天空會出現藍色的月亮。」
『嘩～～』
『然後呢？』
「然後看見藍色月亮的人，就能擁有幸福。」
『真的假的？』
『那我們等到那天再來這裡看藍色月亮好不好？剛好是我們的生日耶！』
「好啊。」
『還有三年耶，好久。』
「很快的。」
時間過得很快的，轉眼我已經離十歲很遠了，不是嗎？
「不知道為什麼，當我追到張靖的時候，我第一個念頭，就是想帶她來這裡，告訴她這個傳說，這藍色月亮。」

『為什麼？』

「不曉得，就是覺得這樣一定會很棒吧！」

『我是說她為什麼沒來啦！』

「因為她在休息。」

我覺得她不會想來，而且我今天一直對她發脾氣，我知道。

『那還是可以改天再一起過來啊。』蕭凱軒說，然後又補了這麼一句：『反正都等了半年，也不差這幾天。』

我聽出他話裡的埋怨，我覺得很過意不去，無論是對蕭凱軒，或者是對小雨。

「因為我的車明天就要去賣掉啦，來不及啦。」

『為什麼？』

「醫藥費，得賣了才還得清，我小姑姑不肯給我那麼多錢。」

因為她已經給我夠多了，太多了，而且，我們家族的人，從不開口要。

『那、我們在這裡等到天亮再回去好不好？』

轉頭，我們同時驚訝的望著提議的小雨。

『在這裡變成十六歲，感覺一定很棒吧！』

小雨說，望著我，她這麼說。

之二
蕭雨萱

當曹正彥打電話給我的時候，我正在和夢掙扎著，而夢是關於他，少女漫畫似的夢，說不通也想不透。

夢的場景是個歐洲古堡，古堡後方有片湖，湖的另一頭是森林，而他從森林裡遠遠朝著我走來；在湖的兩端，我們相遇相識相戀，在夢的裡頭，我是個名門之後，或許還是個公主也說不一定，我不確定，只確定夢裡的我們愛得正好，而且還有點八股的不被身邊的人看好；在一場偷竊裡他的身分被拆穿，原來夢裡的他不是貴族卻是小偷，用偷竊的所得支撐他宣稱的家世，以匹配我的身分；夢的最後是他被逮捕，被逮捕的他表情是不後悔。

『我不是騙妳，我只是選擇唯一能愛妳的方式。』

就是在這句話裡頭，我從夢境驚醒回現實，在現實裡我被曹正彥的來電擾醒，現實裡他不是小偷我不是公主，現實裡的他聽起來明顯的疲累，疲累的他脆弱著口吻問我晚上有沒有空？想去日月潭走走，還有蕭凱軒一起。

「張靖出院了？」
『嗯，雖然有點勉強，不過她堅持今天出院。』
「她好點了嗎？」
『還是不太好，不過……總算是開口說話了，終於。』
我沒聽過曹正彥那麼脆弱的聲音，彷彿受傷的是他不是她。
我於是說好。
我說好，並且儘可能地讓自己答應得不勉強。
我其實不想去，因為我覺得很尷尬，並不是正好因為發了一場和他談戀愛的少女夢，卻是因為蕭凱軒。

我們其實已經尷尬一陣子了，我和蕭凱軒，這個我們。
我記得那天他照例是在午餐後開著曹正彥的車來接我一起去醫院看他們，在車上，蕭凱軒沒頭沒腦的丟來這句話：
『感覺好像我爸跟我媽。』
「什麼？」
『這樣啊。』
蕭凱軒說，然後隨手燃起一根香菸，並且把孫燕姿的〈任性〉這首歌按下 repeat；

我其實很討厭他在車上抽菸，這讓我很容易暈車，曹正彥的菸癮也很大、但他就從來不會在車上抽菸，因為他發現到這點，我會知道是因為有回他就這麼直接的確認然後避免，而當時蕭凱軒也在車上，也聽到，可是他就會更故意的這麼做，這就是他們兩個人最大的不同。

『我爸也常開車載我媽到台中照顧我外公，我外公中風住院，好幾年了。』

「他還好嗎？」

『好不了了啦，而且現在又老年痴呆，不過沒辦法、年紀大了嘛。』

「哦。」

『我爸也常兇我媽。』

「啊？」

『我爸也常兇我媽。』蕭凱軒又重複了一次，『可是他們感情其實很好，我爸只是鬧著玩而已，我媽都知道。』

跟我說這個幹嘛？我心想。

『我爸很疼我媽，雖然很大男人，不過是個疼老婆的人。』

「哦。」

『我也是。』

「啊？」

『我也只是鬧著玩而已。』眼睛不自然的直視著前方，蕭凱軒像是在解釋著什麼似的、用力說道：『我常常對妳大小聲，我知道，但其實我只是鬧著玩而已，妳會覺得很討厭嗎？』

是滿討厭的。

我說，然後突然地想起那年在野溪旁時，曹正彥說過的蕭凱軒：

「還好啦，習慣了嘛。」

——我們是同類。

——別看他痞模痞樣的，其實他只是故意裝成那樣子來騙大家而已。

——為什麼要這樣？

——因為自我保護啊。

回過神來，我聽見蕭凱軒問：

『覺得我們這樣像不像在交往？』

我傻住。

『我……發現其實我還滿喜歡只有我們兩個人的時候，不，是比較喜歡只有我們兩個人的時候。』

「……」

『妳呢？』

「我什麼？」

『妳喜歡我嗎？』

我不知道該怎麼回答，我好希望曹正彥此時就在這裡，他如果此時就在這裡的話，蕭凱軒就不會突然的說這些奇怪的話了吧？他如果在這裡的話，他一定知道該怎麼打圓場的吧？

『我喜歡妳很久了，從妳還不是小孫燕姿的時候，我就喜歡上妳了，妳、都沒有發現嗎？』

沒有，沒想過要有。

「我有喜歡的人了。」當孫燕姿又重新唱起〈任性〉時，我聽見自己這麼說，「他、有女朋友了，所以我——」

『算了，當我沒說過。』

粗暴的打斷我，蕭凱軒說，然後沉默；在沉默到底的尷尬裡，只剩下孫燕姿高亢的噪音還在一次次的唱著〈任性〉。

固執算不算任性的要求　付出也可能看不到結果
終於你還是選擇了放手　用逃避讓感情　犯錯

喜歡聽歌　動人的歌　它讓我覺得愛是對的

詞／何啟弘　曲／孫燕姿

本來我以為這尷尬會就這麼過去，隔天蕭凱軒會變回原來那個痞模痞樣的蕭凱軒，裝沒事的依舊對我講話很大聲，動不動就大著嗓門罵我笨笑我呆，故意做一些我會討厭的事情氣我，偶爾想一些小把戲來整我，說不準還自嘲的推說昨天那些告白只是因為他宿醉，也可能他會辯解只是演場戲、就等我當真上鉤再大肆嘲笑我自作多情真好騙……可是他沒有，都沒有，結果那天他還是一如往常的開車送我回家，在車上一句話也沒有說，賭氣得連音樂也不再放，然後……

然後是深夜，凌晨三點鐘，我記得很清楚。凌晨三點鐘，我接到蕭凱軒打來的電話，電話的那頭他明顯的醉意，醉意裡他沙啞著聲音問：

『是曹正彥，對吧？』

「什麼？」

我覺得好睏，我以為我作夢。

『妳暗戀的那個人，是曹正彥對吧？』

「嘿！可不可以明天再講？我好睏耶。」

『妳為什麼不愛我！』

「蕭凱軒……」

醉透的蕭凱軒聽不見我的任何一句話，醉透的蕭凱軒只是不斷不斷的重複著這句：妳為什麼不愛我！

你為什麼要愛我？

其實我反而想問的是。

那個蕭凱軒醉透的夜裡我並沒有掛他的電話，相反的，我只是在電話的那頭安靜的聽著他、陪著他，還有、羨慕他。

你為什麼不愛我？

這幾年來，我問也問不出口的問題，我羨慕他問得出口。

你為什麼不愛我？

我忘了那場混亂的電話最後是怎麼結束的，只記得隔天我們都沒有去醫院，而曹正彥沒有問什麼，他可能以為我們剛好都有事，也可能他滿腦子只有張靖而塞不下我們，這樣而已。

後來是蕭凱軒主動傳了簡訊表示抱歉，簡訊的末了他問我還是不是朋友？是呀當然還是，這麼回了簡訊之後，蕭凱軒開著車出現在我家門口，而我朝著車內的他點點頭，接著上車，去醫院。

選擇假裝這一切並沒有發生過，這是我們無言的默契，無言的不只是默契，還有我們之間的相處。

無言的沉重。

那是我們最後一次一起到醫院去探望張靖，那天蕭凱軒說他接下來暫時會有事可能沒辦法再來了，而曹正彥聽了之後沒多問什麼，只說了聲謝謝，真的很感謝他強調；而我也沒問什麼，因為我想我大概知道為什麼。

他可能只是暫時不想看到我，這樣而已。

那天的最後曹正彥說要請我們吃飯以表達謝意，可是蕭凱軒卻很不給面子的拒絕了，本來我以為他是在生氣，還生氣，生我的氣，可是那天在回去的車上，蕭凱軒卻說了抱歉，起先我以為他是為了那晚的電話道歉，但是結果他不是，他是為了拒絕我們的晚餐而道歉。

『曹正彥最近好像手頭比較緊。』

「咦？」

『他沒說，他不會說，是我感覺到的。』

「嗯。」

於是我才發現，在蕭凱軒粗枝大葉的外表下，其實卻包含著一顆細膩的心思，或許正如曹正彥那年說的：別看他痞模痞樣的，其實他只是故意裝成那樣子來騙大家而已。

我為什麼不愛他？

那是我們三個人認識以來的第一次，各過各的、沒聯絡。

直到曹正彥打電話給我，在脆弱裡問著要不要去日月潭，我覺得很為難，我不知道該怎麼面對蕭凱軒，我很害怕他把那天的事告訴曹正彥，我害怕他猜出我暗戀的人是曹正彥然後還說出，我——

我聽見自己說好。

還是想見他的面。

曹正彥。

日月潭，三個人，各懷心事。

『日初要去阿里山，月圓要在日月潭，我媽說的。』

在沉默裡、曹正彥說，像是在唸繞口令似的、說。

「那夕陽呢？」

然後他就笑了，曹正彥笑著回答：

『當然是我們的西子灣哪。』
不是愛河嗎？
「不是愛河嗎？」
『愛河？為什麼？』
「沒有啦，只是突然想到而已。」
『你老家不是在愛河旁邊？』
『對啊。』
看著他們兩個人的互動，我心想蕭凱軒應該是沒有把那天的事告訴他吧！我想。
『知道嗎？那個女的不是我媽，而是我小姑姑。』
『哦？』
『小時候很多事我都搞不懂為什麼，久了倒也沒想到要去搞懂了，因為沒必要，而且也沒有人會告訴我，可是今天，在開車去接你們的時候，突然的、很多事我回想，從頭到尾的回想，然後想著想著、突然的就懂了。』
『例如什麼事？』
『例如張靖。』曹正彥說，嘆了口氣的說，『我搞不懂為什麼我第一眼看到她就愛上她，本來我以為那叫做一見鍾情，可是今天我明白，終於明白，或許我只是從她身上看到我媽媽的影子，她們真的……很像。』

『哦。』
『不笑我戀母情結？』
『看你心情不好，留著以後再笑。』
然後我們就笑了，笑得心都酸了，為什麼我們不能永遠保持這樣呢？

『你們有沒有聽過藍色月亮？』
「什麼藍色月亮？」
『沒聽過。』
『在二〇〇四年七月三十一日那天，天空會出現藍色的月亮。』
「嘩～～」
『然後呢？』
『然後看見藍色月亮的人，就能得到幸福。』
『真的假的？』
「那我們等到那天再來這裡看藍色月亮好不好？剛好是我們的生日耶！」
『好啊。』
『還有三年耶，好久。』
『很快的。』很快的，『不知道為什麼，當我追到張靖的時候，我第一個念頭，就是想帶她來這裡，告訴她這個傳說，這藍色月亮。』

「為什麼？」

『不曉得，就是覺得這樣一定會很棒吧！』

『我是說她為什麼沒來啦！』

『因為她在休息。』

因為她在休息，曹正彥回答，回答得太快，快得像藉口。

他們又吵架了？

『那還是可以改天再一起過來啊。』蕭凱軒說，然後又補了這麼一句：『反正都等了半年，也不差這幾天。』

『因為我的車明天就要去賣掉啦，來不及啦。』

「為什麼？」

『醫藥費，得賣了才還得清，我小姑姑不肯給我那麼多錢。』

他沒猜錯，蕭凱軒……

「那、我們在這裡等到天亮再回去好不好？」

轉頭，他們同時驚訝的望著提議的我。

「在這裡變成十六歲，感覺一定很棒吧！」

雖然沒有藍色月亮，但……嗯，感覺一定很棒。

那天從日月潭回去之後，曹正彥說要先送蕭凱軒再送我，而這次蕭凱軒並沒有多說什麼，甚至沒有任何的情緒出現在他臉上，不像那一次我們從猴探井回來那樣，情緒。

同樣是十分鐘不到的車程，不同了的是十六歲前後的我們。

『沒想到最後和我坐在這車裡的人是妳，呵。』

「咦？」

『這車，我十五歲的生日禮物，送妳回家之後，就要直接開去賣了。』

本來你希望能是張靖吧？我心想，我沒問，我問的是無關痛癢的其他：

「那你怎麼回家啊？」

『蟑螂會送我，這車他堂哥會幫處理掉，他堂哥開修車廠，幫我賣了個好價錢。』

「好好哦。」

『呵，妳好像很喜歡說這句話哦？』

「唔……」

『感覺很好哪，每當妳說這句話的時候，我真的會有種事情應該會變好的預感哪。』

好好哦……

『嘿！還有兩個街口的距離。』

「嗯？」

『可以讓我說一點文藝腔嗎？在這最後兩個街口的距離？最後我還擁有這台車的時候？』

「好啊。」

『愛情裡的流浪漢。』

「嗯？」

『嗯，這陣子我一直有這種感覺，我好像是個愛情裡的流浪漢。』

愛情裡的流浪漢，他說，這陣子他常常出神的凝望著張靖，然後真實的感覺到他在她的身邊，卻不在她的愛裡，有時候他甚至會有股衝動想把病床上的張靖搖醒，問問她是不是真的愛他？為什麼愛他？是愛他還是依賴他？

愛情裡的流浪漢，他又重複了一次，流浪在愛與不愛之間的，擺渡人。

『很好笑，原來失戀真的會讓一個人變得文謅謅。』

「你們分手了？」

『不，可是很奇怪，我居然有種失戀的感覺，怎麼會這樣？』

「……」

『小雨……』

「嗯？」

『妳可以……再說一次「好好哦」嗎？就當作是幫我加油打氣，好嗎？』

好，當然好。

「好好哦。」

『呵，好傻。』

好傻，他說，呢喃似的說，只是我不知道他說的是他還是我。

好傻。

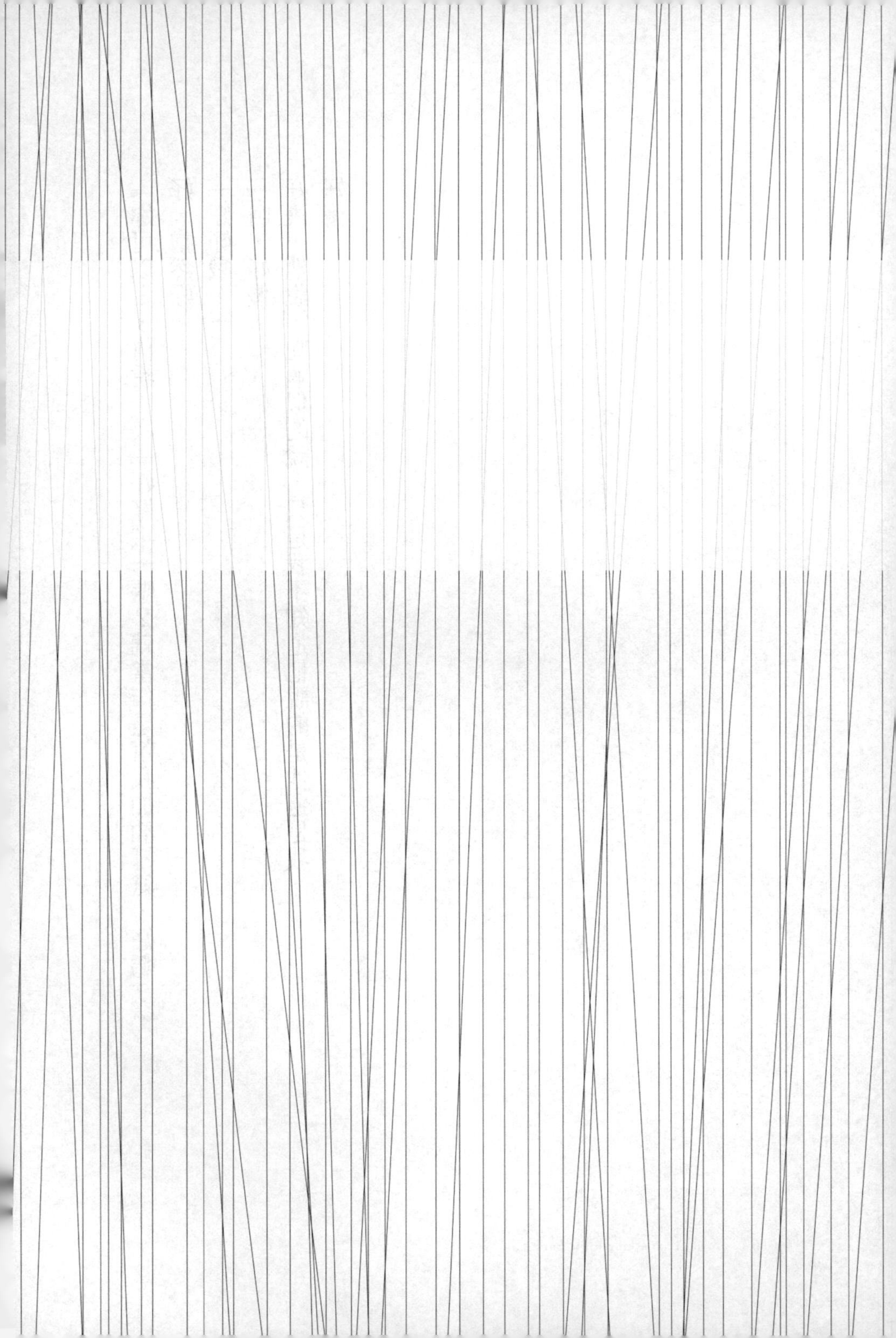

第六章
推翻

當你把自己推翻時
感謝你想起
還有我

之一
曹正彥

別人的十六歲都是怎麼度過的呢？往後當我回想起我的十六歲時，不知道為什麼，總是湧起這樣的感觸，往後；而當時的我，變成十六歲、經歷十六歲的我，只覺得不耐煩，不耐煩任何事，不耐煩任何人，彷彿全世界都與我為敵那般的、不耐煩。

很奇怪，當我得到我的車、擁有它的這一整年從來沒有過任何的感覺，我只是接過車鑰匙、然後學會它、然後使用它，這樣而已，連聲謝謝也沒對誰說過，無論是爺爺，又或者小姑姑；可是當我失去它、當我把車鑰匙遞給蟑螂他堂哥的那一刻，才明白，我、真的很喜歡它，不想要失去它，可是卻不得不變賣它。

真實的失去，當他接過車鑰匙那一刻，我感覺到。

『可惜哪！很棒的一台車。』堂哥說，『我已經工作了七、八年，修了不知道幾百部的車，手上的油漬黑得怎麼洗也洗不掉的辛苦工作了這麼久，可是我還買不起它呢！』

我知道他沒有在挖苦我的意思，可是當下我真的很不高興，我甚至有點想要揍他。

「那乾脆你就把它買下來嘛。」

『不行哪！我買不起而且還需要這份佣金，還得養兩個女兒啦！大的三歲、小的三個月，開不起這樣的好車。』

「誰叫你愛生嘛。」

他沒聽出我話裡的酸，他自顧著說：

『命很好哦！你這小子，說買就買，說賣就賣。』

干你屁事，用盡了全身的力氣、我才得以把這四個字收回嘴裡。

干你屁事。

賣車，收錢，付清醫藥費，然後我回家，很奇怪的是，我的感覺不是鬆了口氣，卻是沉重。

沉重。

知道這件事之後，小姑姑的反應是勃然大怒，我知道後來我的人生開始走偏，偏得不再如她所願，可是她從來也沒有對我生氣過，當訓導主任多次找她到學校懇談時，當我每次每次帶著打架後的新舊傷痕回家時，她都沒有生氣過，至多只是以冷漠來表達她的失望，可是她這次勃然大怒，對於我的自作主張，她怒不可遏。

『我今年四十歲，過了四十個生日，可是你爺爺從來沒有送過我生日禮物。』

她說，可是她氣的不是爺爺，她氣的是我。

『那是你爺爺親自去挑了送你的生日禮物，而你居然把它賣掉！』

「我需要錢啊，我問過妳的，如果妳還記得的話。」

我回嘴，理直氣壯得好像這是她的錯那樣。

『就為了那個小太妹？』

「她不是小太妹，她只是被壞朋友拖累。」

『怎麼？壞朋友拿著槍逼她去飆車不成？』

「妳沒有朋友，妳不會懂。」

我說，赤裸裸的說，赤裸的殘忍。

『一代不如一代，乾脆把你送回家族讓你爺爺親自管教算了！』

「不要再提爺爺了好嗎！開口閉口爺爺爺的妳不煩嗎？他甚至連看也不看妳一眼，妳為什麼還要那麼愛他！那個不要妳的家族，妳為什麼還要念念不忘！妳難道都不替自己感到悲哀嗎！」

我吼了過去，然後我看見，我看見小姑姑的表情是受傷，傷得不再是平時學校裡那個嚴肅的老師。

不應該說這麼重的話的！不可以的，我的心已經後悔了，可是我的嘴卻失控的倔強著、殘忍著：

「妳當年本來就不應該把我帶走！妳憑什麼假裝是我媽媽！妳為什麼不讓我和我媽在一起！妳憑什麼拆散我們！」

『不是拆散是保護。』

冷下了口吻，小姑姑說。

「去他媽的保護！妳自己沒有媽媽就算了！為什麼要我和妳也一樣！」

『我沒有和你一樣，你不要把我媽和那個女人相提並論。』冷冷的，小姑姑說，把這麼多年來我問也問不到的答案，冷冷的說出，『我媽媽是愛上別的男人，然後一起逃跑走了，我氣她但我不恨她，因為我們都知道你爺爺是怎麼樣的人，但你媽媽不是，她被慣壞了，還帶壞你爸爸，她連累了家族，她被打斷腿，她活該。』

「閉嘴！」

『她吸毒吸到腦子都壞了，她腦子都不清楚了怎麼當你媽？你知道我們是怎麼發現這件事的嗎？你真的不知道嗎？』

我知道，只是我當時並不知道，我當時還那麼小，我怎麼會知道那代表什麼！妳為什麼要告訴我！妳為什麼要說破！

Fuck！

「妳閉嘴！」

『你才給我閉嘴！』

小姑姑把她幾乎不離身的包包往我臉上扔來，她扔痛了我的臉，可是我的臉痛不過她的心；氣紅了眼眶的、小姑姑說：『都在裡面了！你媽的聯絡方式，你爺爺託付給我的教育基金，到你十八歲之前都還綽綽有餘的一大筆錢，隨你愛怎麼花就怎麼花，我不管了！你就算全部拿去孝敬你媽媽可愛的小鼻子我也無所謂了！』

「她還在吸毒嗎？」

她不回答我，可能她真的不知道，也可能她還是不忍心我知道；我只知道她自顧著失望：

『如果不是家族的人，我也懶得理你。』

丟下這句話之後，小姑姑摔門走掉，離開。

我不知道她會去哪裡，我知道她一向不怎麼出門，不愛出門，可是現在她被我氣跑了，她會去哪裡？我知道她能去的地方比我還少，只剩下這裡了、她的家。

她會回來嗎？

當我蹲在地板上把散落的物品撿回包包裡時，突然發現到這件事情：這是第一次，我一個人被留在家裡。原來是這種感覺，下課後總是一個人待在這房子裡的小姑姑，原來是這種感覺。

搖搖頭，把寂寞感從身體裡驅走之後，我低頭檢視這小小包包裡少少的東西：一本存摺，一只印鑑，一個電話簿，一張小卡片，這就是小姑姑隨身攜帶的小包包的全部了。

卡片是多年前爸爸隨著這個包包送給姑姑的，卡片上有著當年爸爸笨拙的筆跡，笨拙的筆跡寫著：小妹，當妳怨恨爸爸偏心時，想想還有我這個最愛妳的哥哥。

闔上卡片，我拿起電話簿，電話簿上寫著羽薇兩個字，電話裡一個個的電話號碼透露出媽媽這幾年來生活的流離。

她們還有聯絡，而她是可以找到我的，可是她從來沒有，沒找我，也沒打電話給我。在只剩下一個人的屋子裡，我具體的發現到這件事，我於是不像十歲那年那樣，我只是呆望著這串數字一分鐘左右的時間，然後把這數字存在我的手機裡，接著把它放回包包裡，這樣而已。

這樣而已。

圓形印鑑上以草體字刻著我的名字，名字同時出現在存摺裡頭，存摺裡頭是還有很多的長長數字，小姑姑說的沒錯，這筆數字供我到十八歲還綽綽有餘，有餘得很；我是該感謝爺爺的大方、還是小姑姑的妥善保管？抑或我是家族裡獨生孫子的這件事情？

該死。

翻開存摺我細續，細讀著這麼多年來關於我、而我卻從來不理會的存摺，屬於我的存摺、卻充滿小姑姑一絲不苟的作風，充滿小姑姑作風的存摺無聲的傾訴她真的花了很多時間在我身上的證據；於是我才知道，這麼多年來爺爺持續每個月固定匯入一筆金額，金額的一半被存了下來，金額的另一半用於生活的支出，每筆支出都被細小且工整的字跡仔仔細細的記錄用途，仔細得幾乎瑣碎，我不知道這是純粹的只記錄、又或者是留待著父親回來那天好供他一目了然我這些年來的生活大略？不曉得，只曉得這些支出完全性的都花用在我身上，小姑姑從來沒有拿它為自己買點什麼，連個生日禮物也不曾有過。

小姑姑的生日是什麼時候呢？我困惑的想著。

我想不起來，我只想到自己是不是耽誤了小姑姑的青春？我想起這些年來陸陸續續有人追過小姑姑，有些還到了提親的那種程度，可是最後都不了了之，是因為我的緣故嗎？

無解。

把包包收好放在客廳桌上最顯眼的地方，接著我讓自己躺在沙發上試著睡一下，睡得很不安穩，不過還好的是總算得到了一些休息；醒來的時候窗外已經是黃昏，而小姑姑還是沒有回來。

打個電話跟她道歉吧！張開嘴巴、我這麼問自己，可是手機都拿到了手邊、卻怎麼也沒有勇氣按下號碼，再說就算真的按下了號碼、我應該也是開不了口的吧！

算了。

我於是起身到廚房就著冰箱裡的食材做了兩人份的晚餐，晚餐做得很難吃，不過我還是勉強著吃完自己的份量，當我把碗洗好的時候，家裡還是只有我一個人。

我覺得好累，前所未有的疲累，洗過澡後就直接回房間裡睡，夜裡張靖打了幾通電話給我，可是我都沒有接，讓電話就這麼孤零零的在房間裡響著。

我很累。

隔天起床走出房間的時候，我看見小姑姑已經回來，我不知道她是什麼時候回來的，不過光是看著她一如往常的坐在沙發上讀著她的村上春樹就讓我覺得有種安心感，而包包已經不在客廳桌上，餐桌上的昨天晚餐也被換成是還熱著的早餐，雖然我們都沒有跟對方說話，但我們的表情看起來都明顯的鬆了口氣，我們其實是依賴著對方的，我心想。

宿命把我們綁在一起。

宿命。

當張靖再打電話給我是午夜過十二點，而這次我接起，不耐煩的接起：

「可以不要在這時間打電話來嗎！」

『你睡啦？』

我沒睡，我和蟑螂還在撞球間打撞球消磨時間，我本來想找的人是蕭凱軒、因為打撞球，可是蕭凱軒說他今天要約會，所以我也不好意思再打電話約小雨，於是我才明白原來被朋友落單是這樣子的感覺；不，我沒睡，我只是開始害怕在這時間接到電話，我害怕這會又是張靖出事了的通知電話。

Fuck！

「不，我還沒睡，我沒那麼早睡。」我一向沒那麼早睡，妳忘了？沒忘的話為什麼要問這種蠢問題？「只是現在只要是這時間打來的電話就會讓我下意識的想起妳車禍那天，也是這時間，也是關於妳的電話，心理陰影，這麼說妳懂我意思嗎？」

『對不起。』

在我口氣很差的說了這一大堆之後，張靖只說了這三個字，對不起，她是該對不起，可是她聲音聽起來很不好的樣子，接著我聽見自己心軟的聲音：

「怎麼啦？」

『我睡不著。』

張靖說她睡不著，從醫院回去之後就一直睡不著，不是不想睡是睡不著，很累卻失眠，這讓她很痛苦，痛苦，她的腳也讓她很痛苦，很痛而且很醜，對不起，最後她又重複了一次這三個字，只是我不知道這個對不起是對她還是對我。

『你可以過來陪我嗎？』

沒辦法，我把車賣了，這時間沒火車可以搭了，沒辦法，這都是因為妳，而妳不該去飆車的，妳甚至一開始就不應該和那個死同性戀做朋友！

深呼吸，我試著把這些話只讓我自己聽到，然後平靜的這麼回答她：

「沒辦法，我現在和朋友在一起，走不開，或許明天吧。」

『朋友？小雨嗎？』

「小雨？」

『沒有，當我沒問。』

「小雨怎麼了嗎？」

『沒有，她應該怎麼了嗎？』

「沒有。」

沒有，從什麼時候開始，我們的對話變成只是沒有沒有沒有沒有！

『你……喜歡她嗎？小雨。』

在長長的沉默之後，我聽見張靖這麼問，問得莫名其妙。

「不喜歡幹嘛跟她做朋友。」

『也對。』

「幹嘛問？」

『沒有，我只是覺得你們感情很好。』

原來如此。原來張靖也會吃醋，原來她沒有我以為的那麼冷漠。

「我們感情是很好，但不是那回事。」

『可是異性之間感情那麼好，感覺怪怪的，我是說……以女朋友的立場來看。』

我沉默，我沉默是因為被挑起的憤怒：那妳呢？

『你好像常常去她家哦？』

「對，我常去她家玩狗，英國牛頭犬，叫做小老頭，貪吃好色愛撒嬌，是一隻無時不刻都很滑稽的狗，是一隻讓所有人都很開心的狗，怎樣嗎？」該適可而止了，我知道，我知道可是我辦不到，「因為我們住得近，因為她沒有堅持要去台中唸書！因為她不會只有在需要我的時候才想到要找我！因為她不會在我想見她的時候卻總是和她的朋友在一起！」

張靖沉默，我知道這是她生氣的表現，這點她和小姑姑很像，她們不會發脾氣、一向不發脾氣，她們通常只沉默、用沉默來表達她們的不高興，除了踩到她們的死穴之外；而顯然的、我並不是張靖的死穴，我心想，我心想然後更生氣，挑釁極了的、我反問：

「妳不也和那個同性戀很好嗎？所以妳現在也知道我的感受了吧？」

張靖沒有回答，張靖掛了電話，一語不發的就掛掉；這才是她的死穴，原來如此。

『吵架啦？』

悶悶的把手機收回牛仔褲後口袋之後，蟑螂問。

「不然咧？」

『她好點沒？』

我搖頭。

『還沒康復的話，盡量別跟她吵架比較好吧？』

「你太久沒被揍了是不是！」

我吼了過去，順便還隨手抄了球杆摔過去，蟑螂被我突如其來的暴怒我的舉動嚇壞了的樣子，我知道這可能讓他想起國中時被揍的不好回憶，可是沒有辦法，我控制不了我自己，我越來越暴躁了我自己知道，只是我不知道該怎麼辦。

「不要因為現在我跟你稱兄道弟的就自以為是的對我說教！你以為你誰嗎！」

『我、我不是那個意思。』

「不要再讓我看到你！」

我說，然後拿起蟑螂的機車鑰匙，就這麼自己走掉；沒有人會這麼對待朋友，當發動蟑螂的機車時我這麼心想，可是結果我還是自顧著就走掉。

Fuck！

整個暑假蟑螂都沒來找我也沒要回機車，我不確定他是不敢來找我還是不想來找我，隨他便！而張靖也是，直到開學了她都沒有再打電話來，而我也是，我不知道這算是冷戰還是分手？我沒想過要確認，我覺得很煩。

很煩。

蕭凱軒也讓我很煩。

開學有個公訓，是我們這學期的重頭戲，在日月潭青年活動中心的兩天一夜公訓，有點像是畢業旅行的前奏曲可是它本質上並不是，公訓的晚上每個班級都要有個才藝表演的比賽，而依舊蟬聯康樂股長的蕭凱軒理所當然的負責策劃這表演，他想了個〈內山姑娘要出嫁〉的搞笑表演，很有他一貫的白爛風格，白爛到班上同學光聽他講就笑翻了教室，只有我覺得很沒勁，我很沒勁可是蕭凱軒卻指名要我反串當女主角，他是故意的嗎？

『越 man 的人反串起來越好笑，我們一定拿冠軍的啦！』

蕭凱軒鼓譟著，而全班鼓掌通過。

我懶得理他們，也懶得理他，他們越是興高采烈的彩排，我就越是唱反調的自己蹺課走人，去他們的反串，去他媽的表演，去他媽的蕭凱軒！

『你到底想怎樣！』在公訓的前一天，忍無可忍的蕭凱軒在下課鈴聲一響就站起來對著我幹了這一句，『明天就要公訓了你還不彩排是怎樣！』

「不怎麼樣啊。」

『有什麼不爽你就直接講啊！』

「我不爽演啊。」

『不爽演你是不會早點講哦！』

「不想看的人出去。」我說，對著蕭凱軒之外的全班同學說，「要留下來的人把門窗關起來。」

他們跑去把門窗關起來。

『是怎樣？要幹架？』

「你以為你是誰？」

『我是你他媽的康樂股長！』

「康樂股長又怎樣？康樂股長就可以亂泡妞？」

蕭凱軒怒視著我，直到這一刻，殺氣才真正進到了他眼底；他知道我指的是什麼，不是公訓，也不是康樂股長，是暑假之後我們三個人漸行漸遠的這件事情，也是開學之後他沒命似的追女生、追到一個換一個的這些風流爛帳，我不明白他為什麼突然變成這樣。

『小雨跟你說了什麼是不是？』

小雨沒跟我說什麼，她哪需要跟我說什麼？大家都看在眼底了，不是嗎？

「原來你還記得你連續送了整學期早餐的小雨哦？」

『你懂個屁！』

像是困獸之鬥那般，蕭凱軒嘶吼著，舉手，他打破了我身後的窗，抬頭，我看見他血肉模糊的拳頭緊握在我眼前，閉眼，我想起十歲那年第一次打架的滋味。

挑戴眼鏡的打。我呢喃，然後起身，我走向蕭凱軒，我們都沒戴眼鏡，可是我們狠揍成一團，拳腳毫不客氣的落在對方的身體，痛擊我們的友情。

這是我們第二次打架，第一次我打斷了他的肋骨，而這次，我打斷他的鼻梁，他痛得停下了動作，同學見狀順勢拉開我們，當我們被同學雙雙拉開的那一秒鐘，我們彼此都明白，我們真正想說的，其實我們都沒有說。

都沒說。

那天晚上蟑螂傳了簡訊給我，簡訊問著我怎麼了？他很懷念以前的那個我，還有那個我們；我是很想回簡訊反問他以前的哪個我哪個我們的，可是我沒有，我不喜歡打簡訊，我不打簡訊，我知道我是該回個電話給他的，可是我真的不知道該怎麼說？說些什麼？所以我只是刪了蟑螂的簡訊，然後出門，把機車騎到他家還給他，這樣而已。

隔天的公訓我沒去，沒去也沒請假，直接的蹺掉；聽說蕭凱軒還是很盡責的頂著包紮過的臉反串演媒人婆這角色，而至於他原本要演的男主角，則換成是蟑螂來頂替；

啓程，只爲了遇見那個願意改變的自己，
每一段旅行，都是心的修行！

每一次 出發，都在 找回自己。

吳若權

當往外跨出一步，就走向內心一里，
從脆弱到勇敢，從寂寞到祝福，
在地球上每個轉彎的路口，
遇見心靈宇宙中願意改變的自己……

吳若權以二十年時光寫就的蛻變之書，
每一次感動，都成為美麗的頓悟；
每一步晃蕩，都成為回到內心的歸途……

BREAKFAST
RESTAURANT
SALON DE THE
PIZZA
CREPES

旅行，是透過外界經歷的修行；修行，是心靈深處內在的旅行

我若在旅途中每一步的進展，可以活出更好的人生，所謂的「更好」，並不是因為我更有錢、更富足，而是因為我虔敬地願意為愛而改變自己，包括徹底地臣服與完全地接納，這個世界與自己所有的不完美！對事事都要追求完美的我而言，也是一種改變。日積月累的習性改變；終於鍛鍊成猶如彩蝶出蛹的心靈蛻變，正是這樣的虔敬與願意，讓我徜徉宇宙的大愛之中，感受自在、而且自由。

巴黎十二天；回望二十年。我終於了解：每一顆渴望漂泊的心，都有一生期盼靠岸的靈魂。然而，不停地向外出走，頂多只能追求心智的成長；要學著往內在邁進，才會真正獲得心靈的成熟。

每一次遇見願意改變的自己，每一次Before & After的發現，都是生命的驚喜。從成長到成熟，人生若非不斷地旅行，就是不停地修行。旅行，是透過外界經歷的修行；修行，是心靈深處內在的旅行。

這不是我發明的繞口令，而是我在巴黎十二天的領悟。十二天的領悟，卻是我等著要回到巴黎期間，用二十年時光裡的脆弱與堅強換來的。然後，我領悟了人生的真理：心智（mine）與心靈（spirit）彼此精進的雙向道——往返、進出，其實都同時在交錯進行。

《每一次出發，都在找回自己》，是我出版的第102號作品，獻給願意在人生旅途中改變的你。這不是一本應該被歸納在旅行類別架上的書，但我分享的心得確實是因為旅行而發現自己的過程。或許你會在部分篇章看到風景、名勝、美食、購物、交通、住宿等資訊；但我更期待的是：在文字、照片或留白之間，你讀到我精心架構出隱形的心靈地圖；在我赤裸裸地講述自己人生挫折、悲傷、困頓、勇氣、希望、祝福等不同站牌或指標的時候，你將看到專屬於你自己的路途與方向。

20年前，第一次來到巴黎，彷彿一場華麗的冒險，在這裡一夜成長。
20年後，他終於又一次回到了這個令人魂牽夢縈的城市。

一樣的咖啡店，一樣的噴水池，一樣的巴黎人，一樣的浪漫，
而不一樣的，卻是他自己那顆經歷20年時光洗練的心。

曾經以為瀟灑是漫無目的地說走就走，
如今才明白那該是做好準備，以無憾的心情往返。
曾經以為獨自一個人才能自由自在，
如今卻懂得從另一個人眼中看見自己真實的面貌。
曾經害怕辜負眾人的期待，
如今才了解最不該辜負的人，原來是自己。
曾經想要去到每一個遠方，
如今才發現眼前這顆寧靜澄明的心，
就能映照最美麗的風景。

每一個曾經，都彌足珍貴。
每一段過去，只為了讓自己變得更成熟。
那些放不下的，如今已成過眼雲煙；
那些失落遺憾的，終將化作最珍貴的祝福。
他終於發覺，這場旅行的目的地，
從來就不在地圖上的任何一個地方，
而是在他自己的心裡……

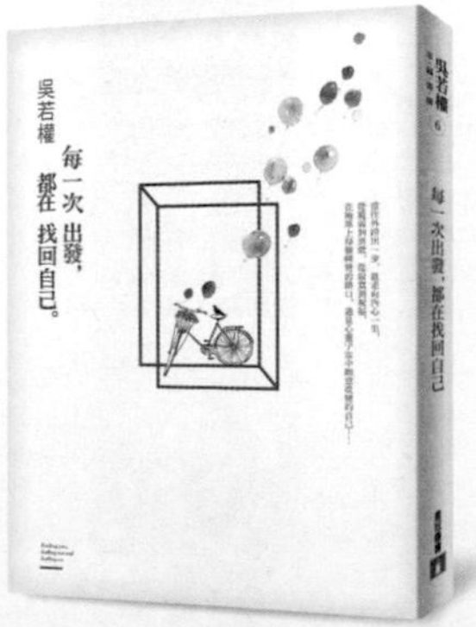

他們沒得到冠軍，冠軍是小雨他們班，他們班表演的是舞蹈，小雨也有參加表演，在最後面拿著道具當佈景的那種，她玩得很開心，小雨說。

她從來就不想要當主角。

在公訓的那天晚上，小雨打電話給我，告訴我這些，還問我怎麼沒去呢？她沒問蕭凱軒的臉是怎麼回事，她可能還不知道我們在班上打架的這件事情吧。

蕭凱軒居然沒告訴她。他們怎麼了？他們分手了嗎？不曉得，誰曉得。

「她應該繼續跳舞的。」

結果，我答非所問的這麼回答。

她應該繼續跳舞的，張靖；她跳舞的樣子好美，而且自信多了；她不應該受傷的，她的腿好美，又直又長、模特兒似的腿，她最滿意她的腿了，張靖以前常常這麼說，可是張靖以後不會再這麼說了，她的腿壞了。

她應該繼續跳舞的，我答非所問，而小雨的反應是不知所措，我不知道該怎麼解釋，我索性直接關了電話，把臉埋進枕頭裡，哭泣。

之二
蕭雨萱

『他跟張靖這次可能真的不行了。』

在日月潭的公訓，表演完的晚上，蕭凱軒把我找到外頭，望著天上的下弦月，沉默了好半天之後，他才終於擠出這句話來：他跟張靖這次可能真的不行了。沉默得太久，久得讓我有種他把我找出來為的就是專程把這句話說出來的錯覺。

這是那次的尷尬之後，蕭凱軒第一次主動找我，而我本來是很不想答應的，因為他現在的女朋友是我們班的班長，開學後他交的第七個女朋友；可是蕭凱軒臉上的表情讓我有種不容拒絕的堅決，是的，堅決。

「他跟你說的哦？」

『哪可能！深藏不露的，那傢伙。』

蕭凱軒痞痞的笑著說，當他說這句話的時候，臉上終於是我所熟悉的痞，也因為他的這個笑容，我們之間的空氣彷彿跟著也輕鬆開來了。

彷彿回到從前。

從前。

『壓抑太久了，所以那傢伙把氣全出在我身上。』指著包紮的鼻子，蕭凱軒做了個怪表情，知道臉上有傷、但卻不介意的怪表情。

「不是吧？他揍你？」

『是打架啦！我哪可能只被他揍！看扁我了妳！』嘖了一聲，蕭凱軒順手還拍了一下我的額頭，然後連我自己也搞不明白是、我居然就笑了；我以前很討厭他這個動作的。

回到從前，真的感覺回到了從前，沒有愛情，只有感情，乾淨。

『可能真的就只能這樣了吧！』

「嗯？」

『我們啊！可能妳是真的很不想愛我吧！算了啦！妳沒福氣。』

然後我就笑了，笑得眼睛都溼了。

『喂！沒禮貌耶！笑成這樣是怎樣！一點都不顧慮我的感受嘛妳！』又拍了一下我的額頭，『妳知道我是灌了幾瓶酒，偷咬了幾個晚上的棉被才終於有勇氣把這句話說出來的嗎？還笑！嘖！』

「好啦對不起啦。」

『嗯，倒是、打個電話給那傢伙吧，他現在搞不好也在咬棉被偷哭。』

「那幹嘛還打給他？」

『趁虛而入呀、笨蛋！那個「可是已經有女朋友的人」就是曹正彥吧？』
「這麼好猜哦？」
『早就猜到了，只是一直不想知道而已。』
「……」
『還有就是……』清了清喉嚨，蕭凱軒白白的臉上泛起了淡淡的紅潮，『妳可不可以……讓我抱一下？』
「什麼？」
『擁抱。』擁抱，他說；沒有痞，沒有笑，只有認真，『給我一個擁抱，然後我對妳就真正死心了。』
「呵。」
轉身，擁抱，純粹而單純的、擁抱。
『還好妳沒有答應跟我交往，因為我現在這個女朋友比較好抱。』
「過分！」
極得意的笑了笑，蕭凱軒鬆開手，起身，鬆了口氣似的，他說：
『或許他愛的人是妳的話，這樣對我們都好吧。』
「我們？」
『我們，妳我他，永恆的我們三個。』

「可是他又不愛我。」
『沒問妳怎麼知道？』
「要愛早愛了。」
要愛早愛了。
『總之，打個電話給他吧！』並且：『雖然妳打死就是不肯愛我，但我會一直罩妳的，如果他敢讓妳哭的話，我就把他揍哭。』
「為什麼？」
為什麼對我這麼好？
『誰叫我們第一次見面的時候，妳就在講台上哭出來，超搞笑的！我這輩子可能再也遇不到第二次那個畫面了吧。』
「過分！」
『呵。』
白爛，白爛蕭凱軒，真的很……呵。
打電話，在蕭凱軒的堅持之下，我打了電話給曹正彥，我說了很多公訓的事，好笑的事，無聊的事，可是怎麼卻也說不出口愛情的事，我畢竟、還是沒有蕭凱軒的勇敢吧！我想。
『她應該繼續跳舞的。』

在我因為緊張過度於是冗長的叨絮裡，曹正彥突然說了這句話，沒頭沒腦的說了這句話，才想問他怎麼了的時候，電話卻突然的被掛掉，再回撥，電話的那頭卻傳來用戶已關機的語音；可能是沒電了吧！我告訴在一旁聽著的蕭凱軒。

他還是愛她的。我沒說。

她，我知道他指的是哪個她，他不用說也清楚的她。

要愛早愛了，不是嗎？是呀……

要愛早愛了。

公訓的第二天，日月潭突然地下起了雨，天空先是由晴轉陰，然後起風，接著很乾脆的傾盆大雨從天空就這麼倒下來，當大雨落下時我們正好集合了要上遊覽車整裝回家，也於是這雨落得所有人躲避不及的罵聲連連，只除了我以外，我不覺得這雨討厭，我反而感覺雨中的日月潭很美，朦朧朧的、多有詩意。

上車。

望著窗外漸漸離開的雨中日月潭，我的感覺是很不捨的，是因為公訓的好玩，也是因為曹正彥的缺席，他應該來的，我心想，他一定會也喜歡被雨淋溼的日月潭的，一定。

『把雨水擦乾吧！不然會感冒哦。』

轉頭，我的視線由雨中的日月潭轉到右後座的班長，班長用食指戳了戳我的背，為的是把手帕遞來給我擦雨，接過手帕，我說了聲謝謝，然後忍不住的笑，懷念的笑；國中時的蕭凱軒也總是這樣戳我的背哪！我告訴她，不過是用原子筆，SKB的藍色原子筆，我記得；以前覺得超討厭的，不過現在回想起來，那反而是我國中生活裡難忘的回憶之一。

『真好！妳比我多認識蕭凱軒三年。』

班長說，笑著說。

看得出來她真的很愛他，真的是很好的一個女孩子哪！不知道蕭凱軒有沒有為了她而找凱柔姐姐再算一次塔羅牌呢？

還好他愛的是她，我心想，心頭暖暖的這麼想著。

「是一年，」我說，「我是國三那年才轉過來這裡的。」

——我也是個轉學生，比妳早一個學期，國二下。

——原來我們一樣嘛！我也是後來才搬到這裡的。

我想起兩年前的那天，我第一次遇見蕭凱軒也第一次遇見曹正彥的那天，我們原本都不是屬於這裡的學生，我們後來都來到了這裡，原因不同，結果一樣。

宿命。

那是多麼平淡無奇的一天哪！我心想，可是在那一天裡，我們卻分別遇見了彼此、前後認識了彼此，然後……嗯。

『要不要聽音樂？看來應該還有一個小時才會到學校。』回過神來，班長摘下一邊的耳機問我，『孫燕姿的〈風箏〉，我們都超喜歡這首歌的。』

「和蕭凱軒嗎？」

不再是〈任性〉了嗎？

『是啊！雖然感覺上是屬於悲傷的那種歌，不過聽久之後，反而會更想要好好珍惜手中的幸福喔、這首風箏。』

——為什麼妳爸媽要給妳取一個這麼悲傷的名字？

——悲傷？

——雨呀，溼答答的，心多悲傷。

不是悲傷，是更想要好好的珍惜。對著回憶裡的曹正彥，我無聲的這麼回答他。

「好啊。」

好啊。

看你穿越雲端飛得很高　站在山上的我大聲叫
也許你呀不會聽到　把夢找到　要過得更好
我不要愛情的低潮　我會微笑　眼淚不准掉

我很好　後來的你好不好
你會知道我沒有走掉　回憶飛進風裡了

詞／易家揚　曲／李偉菘

雨從日月潭一直下到我們回到學校時都還沒有想要停的意思，都沒有帶雨具的我們有的決定就這麼淋著雨跑回家，有的則是選擇打電話等家人來接送，蕭凱軒和班長是前者，兩個人共同披著一件外套，兩小無猜地在雨中嬉笑著奔跑，多美好的一幕哪！多羨慕。

我選擇打電話回家，接電話的人是媽媽，而十分鐘之後，出現我眼前的人卻是曹正彥，撐著傘從雨中遠遠朝著我走來的曹正彥。

我怔住。

「怎麼是你？」

『我剛好在妳家哪！因為很無聊所以跑去找小老頭玩，牠每次都把我的小腿當作是牠女朋友，很傷腦筋哪！』

「呵。」

『走吧。』

把傘遞到我的手裡，曹正彥說，走吧。

走在雨中，抬起頭來、我問他：

「為什麼不去公訓啊？」

『不想掃大家的興哪。』

「蕭凱軒哦？」

『呵！他還是什麼事都告訴妳哪！妳沒有生他的氣嗎？』

「我為什麼要生他的氣？」

聳聳肩，曹正彥沒有回答這個問題。

「他沒有在生你的氣了啦！不要想太多哦。」

『哦。』

哦。曹正彥只說了這個字、哦。不過他的表情說得更多，他的表情說出他鬆了口氣的慶幸。

「昨天的電話就是他叫我打給你的，他可能自己想打可是又拉不下臉吧。」

『嗯。』

「你最近怎麼啦？好像蟑螂也很擔心你耶。」

小心翼翼的、我問他。

『不曉得啊！就覺得……很自我厭惡哪！因為自我厭惡、所以接著變得被大家都討厭，這也是很正常的事情吧。』

「自我厭惡？」

苦笑著，他以一種傾訴的姿態、說：『自我厭惡到想發神經打電話問每個朋友、為什麼你們願意跟我做朋友哪！』

「你想太多了啦！大家都還是很喜歡你啊！只是、只是在等你慢慢復原吧。」

『復原？』

「復原成以前的那個曹正彥哪。」

以前那個、我們以你為中心的曹正彥。

『今天起床的時候，我突然覺得很悲哀，替自己感到很悲哀。大家都去公訓了，只剩下我一個人被留在這裡，無處可去，不，就算是大家都在、我也是無處可去的吧！因為朋友都被我氣跑啦！』

「……」

『刷牙的時候我看到窗外開始下起雨，很大的雨，然後……』

然後他放下牙刷把臉洗乾淨，接著走回房間裡拿起手機傳了個簡訊給張靖，他本來是想打電話的，可是在左思右想之後，他決定改傳簡訊，可能是因為一大早張靖還在睡，也可能是因為電話就算被接通了、他也不曉得該說什麼吧！他苦笑著說。畢竟他們已經很久沒聯絡了。

自我厭惡。他又重複了一次這四個字。

傳完簡訊之後的他突然湧起這樣的感觸，具體的感覺到對於自我的厭惡，他害怕張靖回電話、也害怕張靖不回電話，自我厭惡，第三次重複；這自我厭惡具體到幾乎令他想要嘔吐，而果真他也吐了，當他對著馬桶把膽汁都吐出來了之後，手機還是沉默依舊，接著他放下沉默的手機，接著拿起傘，出門，漫無目的地隨意亂走，走著走著他發現自己不知道什麼時候竟走到了我家來，呆站在我家門前正猶豫著該不該按門鈴時，正好媽媽走出門正準備去市場買菜。

『怎麼沒去公訓呢？』

媽媽也這樣問他，當他撐著傘陪媽媽到市場去買菜的路上，媽媽的話裡沒有責備，只有可惜，真的替他覺得可惜。

『聽小雨說公訓很好玩啊，沒去好可惜。』

好像把他當成親生兒子那般的關心，不是強制性的關心、卻是恰到好處的關心。

『真的是很好的媽媽啊！當她的小孩、一定很幸福吧！什麼事都不用做的、就會感覺到幸福。』

他說，笑著說；接著他繼續說。

很奇怪，那是他第一次上市場，又吵又擠的傳統市場，手裡提著媽媽因為有他幫忙提、於是很放心的大量採買的水果蔬菜還有肉品，重得要死而且還要拿傘，可是連他自己也感到不可思議的是、這長時間來的自我厭惡感居然就這麼慢慢慢慢的消失無蹤影。

『簡直比看心理醫生還有用。』

他試著開玩笑的說。

回家之後，媽媽忙著張羅午餐，而他則是和妹妹在客廳裡陪小老頭玩，不，更正確的說法是，他和小老頭玩，而妹妹則是忙著幫他們拍照；接著我打電話回家請媽媽來接我，當媽媽放下電話之後，他主動提議幫媽媽來接我，因為外面雨很大。

『小彥好紳士啊。』

他轉述當時媽媽的話，轉述這話時的他表情是害羞也是得意；孩子似的他，轉述這話時的他。

『然後我看到妳、剛才，遠遠的我看不清楚妳的表情，可是當我走近之後，我第一個看見妳的表情是怔住，我不曉得妳是沒想到來的人會是我，或是妳也和他們一樣不想要看到我。』

「不、我當然是沒想到會是你啊！」

然後他就笑了，很安心似的笑了。

『然後我看見接下來妳的表情是笑，我……』說到這裡的時候，他突然沉默了下來，沉默了好一會之後，他才終於又說：『我覺得鬆了口氣，真的鬆了口氣，因為我真的覺得，如果連妳也不想看到我的話，我這個人可能就真的是完蛋了吧。』

「我……怎麼可能不想看到你。」

我說，小小聲的說，而雨聲太大，大得蓋過了我的這句話；我不確定他有沒有聽見我的這句話，還有話裡的感情，我覺得他應該沒聽見，因為他直視著前方，失神的呢喃著：

『雨會吸掉一切的聲音。』雨會吸掉一切的聲音，他呢喃，『讓世界只剩下雨聲，很乾淨，很純粹，就像妳，我的雨。』

第七章
失控

感覺不到你
才知道丟了自己
——孫燕姿〈我不愛〉

之一
曹正彥

那次的雨下了很久，久到讓人忍不住要懷疑是不是會就這麼一直下到世界末日為止？當然不用說的是，雨終於停了的那天世界末日並沒有到來，而張靖的消息也是；張靖一直沒有回簡訊給我，也不曾再打過電話來，她反而是親自跑來找我、當長長的雨終於停了的這天；當我看到張靖就出現在我眼前的那一瞬間，我以為我是在作夢，真的以為我是在作夢。

這是張靖第一次主動找我，還親自跑來。

久違的張靖整個人開朗了很多，磨損的腳看來還是明顯的不方便，不過好像這已經影響不了她那樣，一見面的張靖二話不說的就給了我一個緊緊的擁抱，而這是最讓我驚訝的地方，並不是我以為我們分手了、於是這個舉動並不恰當，卻是因為從前的張靖從不喜歡在公開場合有親密的舉動、連牽手也是，因為她不想惹來別人的指指點點，她甚至至刻意避免到我家來，因為她很怕小姑姑，張靖覺得小姑姑很嚴肅；可是再見面的張靖，久違的張靖，卻主動來找我，到我家來找我，還主動給了我一個擁抱，就在我家門口。

她變了。

這改變我也說不上來是喜歡還是不習慣，說不上來也沒空去想，我只覺得鬆了口氣，鬆了口大氣；原來我們只是冷戰久了點卻不是真的分了手。

原來我還是愛她的，還是想要被她愛著的。

原來。

在長長的擁抱之後，張靖微笑著提議要不回學校走走呢？好啊我回答，不太確定的回答——她不是很討厭那個地方嗎——在心底我這麼狐疑著。

幾乎是忍耐著過完國中三年的張靖，討厭那個學校討厭到畢業典禮一結束就逃跑似的離開的張靖，居然主動提議回學校走走？

她真的變了。

回學校大約要走二十分鐘的腳程，沿途我始終擔心著張靖的腳會吃不消這路程，我甚至做好了隨時要揹著她走的心理準備，不過顯然我是多慮了，因為張靖看起來精神很好的樣子，她甚至幾度還超越了我獨自走在前頭。

回學校。

因為學生們還要寒假輔導的關係，所以我們先是並肩坐在草地上曬著這冬天裡難得的溫暖陽光；妳不是很討厭曬太陽、因為怕會曬黑嗎？我是很想這麼問的，可是我沒有，是因為害怕會打壞這美好的氣氛，也是因為張靖一直滔滔不絕的講著回憶著：臉很臭的福利社阿姨、找錯錢也不敢問她要回來、超級討厭的籃球場、因為長得高所以硬是被挑進籃球校隊，惡夢似的升旗台、國一時曾被個學長叫到那裡去告白，有著不好回憶的腳踏車停車場、常常在那裡被學姐找麻煩，不喜歡女廁、因為別人都結伴而她卻總落單……張靖一直講呀講、滔滔不絕的講呀講著，彷彿是想把國中那三年想說卻從來沒出口的話給一口氣補回來似的。

『好懷念哪。』

張靖突兀的結束正在講著的話題、這麼說。

「嗯？」

指著空氣中飄揚的鈴聲，張靖說：

『下課鐘響。』

「下課鐘響？」

『嗯，以前我很討厭聽到這鐘響，因為會頭痛，不管是上課還是下課，都討厭，只除了一次例外。』

我微笑。

『那一次的下課鐘響，鐘聲還沒響完，你就走到我們班來，然後……』

然後我告白，沒有花俏的言語，沒有裝酷的表情，我告白，對我人生中第一個愛上的女孩告白。

『走吧！學生應該已經下課了。』

「去哪？」

『我的教室。你第一次走向我的地方，我想再去坐那個位子一次。』

張靖的教室，我第一次走向她的地方，在她的座位上，張靖吻上我，長且深的吻，久違且懷念的張靖的吻。

『你是我國中三年裡，唯一快樂的回憶。』在吻裡，張靖這麼說，告白似的說：『這陣子我一直很想要回來這裡，把這句話告訴你。』

離開學校之後，張靖要我陪她回家。

「哪個家？」

我下意識的問，或者應該說是、確認。

『就我家啊，出生成長的那房子，小雨家隔壁的那一棟。』

她變了。

『這個寒假我想在那裡過。』

「和妳家人？」

『不，就我自己，他們都不回家啦因為。』

她怎麼了？

『你可以陪我嗎？』

「好啊。」

好啊。

夢一般的寒假，那年的那個寒假，完整擁有張靖的我們的寒假。

正如張靖所說的，她整個寒假都在這裡度過，整個寒假都在這裡度過的張靖，整個人有種明顯想要改變自己的企圖心，明顯想要改變自己、同時也明顯希望別人發現的那種程度。

『大概是一個學期左右吧！我們都沒有聯絡也沒見面，一開始很寂寞哪！寂寞到簡直自暴自棄，後來沒辦法，好像這已經是事實了吧！我這樣想，然後就只好逼自己接受了。』張靖說，在我們重逢的第一個夜晚，張靖躺在我的懷裡、微笑著這麼說道，『可是那天看到你的簡訊，我……就認輸了，不想要失去你，很想要再愛你，就這麼跟自己坦承了。』

「那為什麼不回我電話呢？害我等得很傷心哪。」

『因為一直下雨啊。』

張靖笑著回答，我聽得出來她話裡的雨。

才想再說些什麼的時候，張靖起身，捉起她今天從沒離開視線的包包，就這麼赤裸著走進浴室。

她今天去了好幾趟廁所，我發現。

『有空找蕭凱軒他們出來一起吃個飯吧。』重新躺回我身邊時，張靖提議，『我很想重新認識小彥的朋友哪。』

「好啊。」

好啊，我說，然後終於忍不住的問：「關於我的生日禮物？」

『嗯？』

「妳出院的那天，我希望妳送我的生日禮物，妳記得嗎？」

她記得，可是她沒有回答我，她反而是吻住我，然後再度抱住我，討好似的、迷惑我。

她還是繼續和那個耿耿見面，這是那天晚上，我最後的一個念頭。

隔天起床之後，在張靖的催促下，我打了電話給蕭凱軒和蟑螂，本來我以為我們會尷尬，因為我沒忘記前一陣子的我有多混帳，可是結果他們的反應是開心，很開心我打電話給他們，很開心這個見面的邀約，很開心我們還是朋友。

還是朋友。

整個寒假我們幾乎每天都見面，開心的見面吃飯，或者唱歌打球，或者開車出遊，我們，我們三對情侶，沒有小雨。

『怎麼都不找小雨啊？排擠她哦？』

蕭凱軒問，在寒假結束的那一天，只剩下我們兩個人獨處的空檔時，他終於問。

「張靖說我們都成雙成對，只有小雨一個人落單，她會覺得格格不入吧。」

『排擠她，沒錯。』

「要不下次我找她也來好了。」

我快快的回答，然而蕭凱軒卻遲疑了：

『算了啦，或許這樣也好，可能張靖的顧慮是對的吧！女人畢竟心思比較細膩啦。』

「什麼意思？」

『沒事。』沒事，蕭凱軒說，然後快快的轉了個話題：『倒是，張靖怎麼變了那麼多？簡直變了個人似的，嘖嘖嘖。』

「她只是發現她不喜歡以前的那個自己。」

『什麼鬼？』

我只是發現我不喜歡以前的那個自己，然後要自己改變，這樣而已。張靖說。當有次我忍不住也這麼問她時、她是這麼回答的，而當下她的表情是不希望我再往下問去的神經質，她以前慣常出現的表情。

「再說，這改變不是很好嗎？她甚至能主動和你聊開來，而且聊得很開心。」

『也是啦。』搔搔頭，蕭凱軒很困擾似的，又說：『不過你還是問一下蟑螂他馬子吧。』

「幹嘛？」

『問問上學期是不是發生了什麼事啊！要不沒道理一個人會改變這麼大，簡直是連基因都整個換掉了的脫胎換骨啊！』

「可是張靖已經轉班啦！美容科，她說以後想當化妝師。」

反正也不能跳舞了。在心底、我補上這麼一句。

『還是問問吧！你記得以前我們班有人在吸安嗎？』

吸毒，我心想，然後沉了臉：

「如果有的話，他女朋友應該會說吧？她不是很愛說的嗎？」

我把問題丟回給蕭凱軒，而話裡、是明顯的不高興；她好不容易從蜚短流長裡走出來了，還這麼努力著改變自己了，你們為什麼就不能夠放過她呢？為什麼！

我以為蕭凱軒會就這樣閉嘴，或者試著改變話題什麼的，可是沒想到他也垮了臉的衝回來：

『蟑螂已經換女朋友了，你沒發現嗎？』

不，我沒發現。

『你能不能不要眼裡永遠只有張靖？能不能偶爾也關心一下身邊的朋友？』

「……」

『還有小雨。』

「小雨怎樣？」

『我們沒有交往過，我暗戀她，然後告白失敗，所以你不要再先入為主的認為我辜負她。』

「幹嘛突然講這個？」

『只是想到然後順便講清楚而已，你沒發現雖然我們常玩在一起，幾乎每天說話，說很多的話，可是真心話……卻很少。』

「……」

我沒有請蟑螂去問他的前女友給點什麼八卦動搖我和張靖失而復得的愛情，我沒問，可是蟑螂卻主動跑來說，主動跑來說些我這輩子都不會想要聽到的什麼。

早就休學了，跑到夜店去工作，寒假會回來可能是工作也丟了吧……

轉科才一個月就唸不下去了，被勒令退學的……

退學的原因是吸毒，在女廁，和那個耿耿吃E，當場被教官逮到……

吃到腦子不清了吧！教官都留意她們那麼久了，還敢跑到廁所吃……
變得滿口謊言，跟那個耿耿一樣……

『那時候我就懷疑了。』在冗長的轉述之後，蟑螂嘆了口氣，然後說：『因為國中的時候我們班也有人這樣，所以我會知道，我還被命令過去幫他們跑腿買試管，你記得嗎？我應該有說過。』

「……」

『雖然一個是吸安，一個是吃E，可是結果都一樣，他們的眼神都一樣。』

「……」

『尤其他們會一直跑廁所，去補充吧！從廁所回來之後整個人變得很亢奮，很友善，充滿愛，而且不怕說真心話，但那都是假象，一旦毒癮發作時，他們就會變得很不堪，那才是真相。』

「……」

『可是張靖在的時候我不敢講，不是怕她聽到，而是很怕會不會你也變成那樣子的人。』

「……」

『直到蕭凱軒要我去問我前女友的時候，我才鬆了口氣，原來你真的只是不知道而已，還好，真的。』

「……」

『還好你沒有，因為我真的不想失去你這個朋友。』

「你揍過人嗎？」

在長長的沉默之後，這是我開口的第一句話，第一個決定；而蟑螂搖頭，接著他向我要了一根香菸，我發現他擦著打火機的手在發抖。

『要找蕭凱軒嗎？』

狠狠的吸了一口菸，讓菸裡的尼古丁安定他焦慮的神經也順便危害他的肺之後，抬起頭，蟑螂問我。

「不用，他不對女人動手。」而我也是，「而我本來也是。」

『打扮成男人的女人算是男人還女人？』

「巧克力牛奶是巧克力還是牛奶？」

『也對。』

也對。

「走吧。」

走吧。

我們先去向蟑螂他堂哥借了台車，接著我們開車去到張靖的住處樓下等候，在這個我曾經等候過張靖無數次的巷口前，抬頭我凝望著正前方總是忽明忽滅的半損壞路燈，我突然湧起一股很真實的感觸：這會是我最後一次在這裡，等候。

「早就該修理了啊。」

『什麼？』

「路燈。」

指著那盞忽明忽滅的路燈，我說，而蟑螂聳聳肩膀，他不明白我突然的說這個幹什麼，不過沒關係，我自己也不是很明白我突然說這個幹什麼。

我甚至想不起來上次在這裡望著半損壞的路燈等待張靖是什麼時候的事情？當時是什麼心情？什麼——

『那個耿耿。』

打斷了我的思緒、蟑螂說；順著他的視線望去，那個耿耿正走出張靖的住處，而嘴裡還哼著歌，如果不是因為她愉快地哼著歌的話、我會不會改變這個決定？很無聊的是、我當下想的竟是這個。

我要的生日禮物她沒給。透過車窗、望著哼著歌的那個耿耿，我又想；雖然是早已經猜到的事實，但原來當事實就在眼前時，我還是會感覺到真實的難過。

——不要讓我失去你，好嗎？你是我的快樂裡的一部分，最重要的部分，可是我真的、也需要朋友，自己的朋友。

——我，一直很孤單，我不想失去耿耿但我更不想失去的是你，如果沒有了你，我可能、我不知道，我——

「她說謊。」

『什麼？』

「她還是比我重要，她那個時候對我說的是謊話。」

『哦。』

「不能哭，不能說謊，不可以害怕。我們的家規後來變成是這樣。」

『什麼啊？』

「沒什麼。」搖搖頭，把這個奇怪的念頭搖掉，我說：「去請她上車吧！我們有很多的話要聽她說。」

上車，那個耿耿，辯解不成只好坦白的，那個耿耿。

『她失眠，很痛苦，嚴重失眠，幾乎崩潰。』

她說，那個耿耿。

一開始是因為失眠，身體的痛、心裡的痛，痛得她失眠，失眠到幾乎要崩潰；她是想過再上醫院去拿止痛藥，可是醫生後來不肯給，妳用量太大，再下去會變成藥癮。醫生說，然後拒絕；沒辦法，張靖只好打了電話給耿耿，給耿耿、不是我。

『我只是看不下去想幫她而已。』

她解釋。

想幫張靖的她於是拿了一包 FM2 給張靖，FM2，或者應該說是、約會強暴藥丸，FM2，在她口中變成只是安眠藥，幫助需要的人好好睡個覺的藥。

張靖相信了她。

那是張靖第一次能夠不費力氣的就睡著，第一次，以及往後的每天夜晚，她覺得她得到了幫助，她於是明白原來耿耿才是她真正的朋友，在她需要幫助時、從不掉頭走人的真心朋友。

「妳有碰她嗎？在那些 FM2 的夜裡。」

別開臉，她回答：

『她沒有感覺，而且也不會記得。』

短暫的沉默之後，蟑螂對我使了個眼色，轉頭、我看著窗外的街景，接著把視線移到後視鏡裡的那個耿耿，後視鏡裡的那個耿耿看起來是恐懼，但還沒恐懼到我想要的程度。

「我們再繞一會。」

我說。

後來處解決掉失眠問題之後，張靖開始把注意力放在她大小不一的雙腳上。以前我一直希望我的腿能再細一點，沒想到現在真的細了點，只是……張靖說，而且我胖了好多，因為一直躺在床上又好久沒有跳舞，本身就是易胖體質，體重再也不是節食就能夠控制了。張靖難過，很難過。

她一向就愛漂亮，我明白。

『是不是因為這樣，所以小彥才不要我了？』她轉述，然後解釋：『她還哭了。』

看著哭泣的張靖，她於是試探性的遞給她一顆小藥丸，減肥藥，她解釋。很便宜，一顆才兩百塊，不用幾顆就能瘦成模特兒，她慫恿。

Ecstasy，它正確的名字；狂喜，它的英文翻譯；會讓妳吃不下飯可是精神又很好的快樂得不得了的 E，仙丹似的小藥丸，多好。

是很好。張靖同意，然後使用，從每天一顆開始慢慢慢慢失控，失控得沒有它就沒有快樂，失控得為了很多很多的兩百塊而不得不開始打工；夜店，因為薪水很多，而且只要每天把自己打扮漂亮去端個酒就好，多好；是會被吃豆腐，是有很多的騷擾和麻煩，是常常得面對討厭的低級客人卻依舊得隱忍著面對沒錯，但、那又怎樣？反正她們很快樂，被退學了又怎樣？只要有 E 就有快樂，多好，有錢就買得到快樂，多好！

多好。我發現她一直強調這兩個字，像強調、也像自我辯解，我沒有反駁她，我反而讓她一直一直的說，說到她慌了說到她怕了，說到她搞不懂我到底想怎樣於是焦慮的從口袋裡掏出E餵自己，或者應該說是、補充快樂。

我於是緊急煞車，讓她手中的E掉落在車上，而車裡很黑，她找E不到，找E不到的她歇斯底里：

『那一包兩千塊！他媽的！你知道兩千塊要張靖端幾杯酒才賺得到嗎！』去夜店工作的是張靖，只有張靖去夜店工作好賺錢買她們的E，原來。

『少在那邊假清高了！他媽的！你怪我帶壞張靖是不是？你怎麼不問問自己當張靖那麼痛苦的時候你人在哪裡！』

「下車。」

下車。

在一個空曠的野外我停下車，停下車但沒熄火，因為我想要看清楚她痛苦的表情；她不肯下車，當然、只要還有點智商的人都不會肯下車，她害怕，她的害怕到達了臨界點，而這正是我要的。

她是該害怕。

走到後座，我把她硬拖下車，轉頭，我交代蟑螂：

「後車箱有球棒，不要髒了自己的手。」

那是那晚我最後說的一句話。

那天的最後我們把被揍得半死的那個耿耿載到警察局前面丟掉，順便找回掉落在車上的那袋E塞回她手心裡，她這輩子做了太多的壞事，我想警察應該會知道該怎麼處理她，或者應該說是：讓她清醒，面對現實。

隔天我接到張靖的電話，她狂亂的指責我的昨夜，而我一句話也沒有開口，因為我聽得出來她指責的重點是我害她失去耿耿這個藥頭，而這才是她唯一的關心。

我的感覺是很難過的，我難過得說不出話來；我曾經當她是天使的，可如今，我的天使墜入地獄，還不想走。

——變得很亢奮，很友善，充滿愛，而且不怕說真心話，但那都是假象，一旦毒癮發作時，他們就會變得很不堪，那才是真相。

我想起蟑螂曾經說過的這些話。

跟愛情好像。我也想說。

「我已經不認識妳了，妳自己保重。」

我說，然後掛了電話；掛上電話的那一刻，我突然想起凱柔曾經對我說過的：你們獅子座的愛情是這樣：愛得快，陷得深，而抽離，卻最狠。

我不曉得她說得對不對。

掛上電話之後我本來以為自己會哭的，可是結果我沒有，我反而是含著一根香菸在嘴裡，然後翻著手機裡的電話簿撥出那通我從來沒撥出過的電話，電話響了很久，電話響了太久，久得足夠證明對方的缺席；當鈴聲被切換成是要求留言或者掛斷的機器女聲時，對著手機，我說了十歲那年她最後告訴我的那句話：

「不要再打電話來了。」

我說，然後掛斷，低頭，我把含在嘴裡的菸點燃。

當她死了吧！我心想，反正本來就沒有媽媽了，反正十歲那年，她就這麼告訴我了。

之二
蕭雨萱

那次的雨下了很久，雖然每天溼答答的很討厭，不過我其實心裡很慶幸這雨，而且還有那麼點的期待這雨的意味，因為在每個下雨的日子裡，曹正彥總是會每天來我家，一點見外也沒有的，自然得好像他本來就屬於這裡似的。

是雨把曹正彥帶來的，有時候我會固執的這麼認為，尤其當雨停了之後他就不再來的那天開始，更是加深了我的這個固執；然而不用說的是、那當然只是我一廂情願的以為，我當然知道是張靖回來了，回到這裡來，回到他的身邊來；我看見過好幾次他們進出隔壁的房子，有幾次我還在家門前向曹正彥揮揮手打招呼，可是他沒有看見我，他眼底只有張靖的存在，從以前就是。

「好好哦。」

我試著對照片裡的曹正彥這麼說，說他最喜歡聽的這三個字，可是他沒有回答我，他只是在照片裡淡淡的笑著；照片裡沒有張靖，張靖從沒和我們一起出去過，可是張靖開始和他們一起出去，他們，他們三對情侶，沒有我。

沒有我。

後來過完年我乾脆就和妹妹還有小老頭繼續留在外婆家把剩下的寒假過完，寒假裡我打過幾次電話給華琳，可是華琳幾乎都沒有接我的電話，只有一次例外；那次接起的人是個中年男聲，中年男聲一聽到我就慌張的道歉，在道歉裡還自言自語著因為手機一樣鈴聲一樣，所以他總是接錯。

我不知道他和華琳是什麼關係，我希望他和華琳不是我想像的那種關係。

那是我最寂寞的一個寒假，在那個寂寞的寒假裡，有種同時被所有朋友遺忘的心傷。寂寞的寒假，以及接下來的寂寞的二下。

在那個學期裡，蕭凱軒還是常常跑來我們班找他女朋友順便和我講幾句話，有時候也會約出去吃飯，每次都是和我們班長一起，因為蕭凱軒現在也是有女朋友的人了。

同樣是三個人，不同的三個人。

常常我會呆呆的望著坐在對面的他們、看起來打從心底幸福的他們兩個人，然後在心底這麼問自己：如果當初的我，接受了蕭凱軒的話，那麼現在的我，會不會也就幸福了？

別傻了，我在心底這麼回答自己，別傻了。

要愛早愛了。

在那年的五月，孫燕姿發行了《Leave》這張專輯，然後誰也想不透的是，就當我買到這張專輯走出唱片行的那一秒間，我接到曹正彥打來的電話，好久沒從我手機裡響起的、曹正彥的號碼。

『現在可以出去見個面嗎？』他問，還有，『還有，今天不找蕭凱軒可以嗎？』

「好啊。」

好啊。

曹正彥開車來接我，陌生的車，車上有股隱隱約約的血腥味，我不太明白為什麼會有這味道，我只看見曹正彥好像很累的樣子，很累，而且很緊繃。

『妳去買唱片啊？』

「是啊，孫燕姿的最新專輯。」

『對了，剛好蟑螂要我把這個還妳。』他把《風箏》那張專輯交給我；幾乎一年前的新專輯，而今的舊專輯；『應該是妳的吧？上次賣車時忘在車子的音響裡。』

「不，是蕭凱軒的。」

我說，然後還是把這張唱片收進包包裡，當作是個紀念；而他那時候是愛著我的。

我百感交集。

『想去哪裡嗎？』

愛河。

「都好啊。」

結果我們哪裡也沒有去，就這麼漫無目的地開著車兜風，在車上我把《Leave》專輯立刻放來聽，學蕭凱軒從第一首歌聽到最後一首，然後把CD定在最喜歡的一首歌repeat到底。

我repeat的是〈我不愛〉這首歌。

愛已經讓我認識自己　在眼淚流下的味道裡
感覺不到你　才知道丟了自己
我不愛　不能愛你給的未來
我不愛　不能愛你離開我的現在

詞／廖瑩如　曲／陳科妤

這首歌是我買這專輯的最大動機，在那些寂寞的日子裡，我拚了命的想好多歌來聽，想找出一首歌，一首能精準唱出我心底感受的歌，一首我不知道該怎麼說、但它卻唱出來了的歌，在那些寂寞的日子裡，長長的寂寞裡，我拚了命的找、卻怎麼也找不出來這樣的一首歌；直到那天我從收音機裡聽到了這首新歌，當時我正唸著期末考第二天的科目，我不知道這首歌什麼名字，我只知道它都唱出來了；接著期末考結束，我存了幾天的零用錢然後走進唱片行買了這張專輯，聽著那些日子裡，我不知道該怎麼說、卻想要這麼告訴自己的歌，就在曹正彥的身邊，我們一起聽著這樣子的一首歌，可是他沒聽，我知道他沒聽，因為他只顧著說，說張靖，說他們，說分手，說傷心。

『我會變成這樣子都只是我的錯嗎？』

他轉述在最後的電話裡，張靖不停不停重複著的這句話，接著他辯解，自我辯解，混亂的辯解、以大量的語話，或者應該是、獨白。

「說給我聽幹什麼呢？該聽的人是張靖呀！明明你想訴說的對象是張靖呀不是嗎？」

我想說，可是我沒說，我只是在心底哼著那句：感覺不到你，才知道丟了自己。

『其實那時候我就發現了，感覺很像小時候我媽媽的那個樣子。』

回過神來，他還在說著，自顧地說著。

『沒道理不發現了，沒道理，可是我沒問，甚至不想問，因為我發現，我反而比較喜歡那樣的張靖，我……是不是很自私？』

是。

我沒回答他，我反而是問他，在空氣裡，在孫燕姿的歌聲裡，我聽見我終於這麼問了他：

「可不可以有一次，哪怕只是一次也好，不要只是寂寞才找我，而，是為了想見我。」

我問，而他，怔住。

怔住的曹正彥倏地踩住煞車，而後面的車子反應不及的大按喇叭，可是曹正彥沒理會，沒理會也沒聽見，他只是伏在方向盤上，哭泣。

而孫燕姿依舊在空氣裡唱著：愛已經讓我認識自己　在眼淚流下的味道裡……

那次的哭泣像是個終點似的，在終點之後，我陪著曹正彥去把車洗了乾淨然後還了回去，然後……

『謝謝妳。』

然後曹正彥這麼說，接著鬆了口氣似的笑，疲憊的笑。

可不可以有一次，哪怕只是一次也好，不要只是寂寞才找我，而，是為了想見我。

不知道是不是因為這句接近愛、卻沒說破愛的話呢？從那天之後，曹正彥開始每天來找我，有時候是散步來到我家和小老頭玩上整下午，有時是騎著車來接我出門和蕭凱軒他們到處晃晃，絕大部分的時候是我們兩對，有些時候是連同蟑螂他們三對，我不知道我們這樣算不算是交往？我一直很想要開口向他確認可是我始終沒有勇氣確認；而蕭凱軒他們也是，不敢向曹正彥確認，也絕口不再提起張靖，連玩笑都不敢開的那種絕口不提以及確認。

而這天也是，這天，我們生日的這天。

『要不要再去日月潭慶祝？像去年一樣，搞不好會有藍色月亮。』

蕭凱軒提議，而曹正彥搖頭：

『又沒車，怎麼去？』

『你爸的車咧？』

蟑螂問。

『我姐開去了，她現在在台中實習，沒車不方便。』蕭凱軒說，接著把問題丟回給曹正彥：『你幹嘛不再買台車？還滿懷念你開車的樣子，亂像在拍廣告的帥。』

『等我自己賺錢之後再買吧！老是拿我爺爺的錢，感覺很廢。』

「好好哦。」

然後他們先是一楞，接著爆笑開來，於是我才知道，原來我下意識又把心中的呢喃說了出來。

『小雨呢？想去哪過生日？畢竟也是妳的生日啊。』

愛河。
「都好啊。」
都好。
最後我們還是去了猴探井，三台機車，六個人，相同的猴探井，兩年前，兩年後。
『知道嗎？猴探井其實是私人墓地。』
在猴探井的夜景裡，蕭凱軒突然的說，說完還往山下的萬家燈火丟了顆石頭。
『意思是我們現在腳底下踩著的是墳墓？』
蟑螂問，而我實在寧願他沒這麼問。
『墳墓倒不是在我們腳下，不過這裡是有錢人家的私人土地沒錯，風水好的咧！聽了風水師的話說是為了增加陽氣所以才開放成是觀光區的。』
『但其實是私人墓園？』
蟑螂又追著這個問題問了一遍，有時候我還是覺得他很討人厭。
『對啊！你是這裡長大的，怎麼不知道？』
『沒聽說啊，而且我爸媽沒事對我說這幹嘛？他又不當里長。』
『妙！』突然地、蕭凱軒鬼吼了這麼一聲，在黑夜裡，他的瞇瞇眼倒是很八卦的亮了起來，對著我和曹正彥亮了起來：『你們都不是本地人，而且又剛好同年同月同日生，這代表什麼？』

代表你再往下說去我們會很尷尬，我心想；而曹正彥大概也猜到蕭凱軒往下要說的什麼了吧，於是他不著痕跡的轉了話題：

『你們相信有鬼嗎？』

「啊？」

『在這裡聊這個不好吧？』

『我相信有鬼。』彷彿是存心故意似的，曹正彥乾脆自問自答著：『我最近會接到我媽的電話，可是都沒有說話。』

「……」

『可能是鬼打來的吧！所以才不說話。』

『好了啦！喝啤酒啦！』

『呵。』接過蟑螂遞給他的啤酒，曹正彥一口氣喝乾，手中捏縐了空的啤酒罐，搖搖晃晃的他起身，對著月亮的方向，他吼著：

『我十七歲了——妳聽到了沒有——』

『醉了他。』

蕭凱軒嘖了一聲，表情看來好像是經常忍受他這樣的熟稔。

『妳兒子十七歲了！十七歲了！』

『好了啦！等一下把地主吵醒怎麼辦？』
「喂！不要亂講話啦。」
『十七歲了——』

十七歲是那天在猴探井的夜裡、曹正彥最後一直吼著的話，十七歲；那天他喝得很醉，醉得失去清醒，最後是由蕭凱軒把醉透的他載下山，回家，丟回我家。
『就從十七歲之後開始交往吧。』
吃力的把曹正彥丟在沙發上之後，蕭凱軒點了根菸，意有所指的說。
「不要在我家抽菸啦！」
而我，顧左右而言他。
『好吧。』悶悶的把菸捻熄，然後蹲下捏了捏小老頭的嘴皮子之後，就這麼含著菸邊離開邊說著：『十七歲是個好年紀哪。』
「十七歲是個好年紀哪。」
對著醉倒在沙發上的曹正彥，我學著蕭凱軒這麼說，不過不知道為什麼，同樣的一句話到了我的嘴裡就變得很沒有說服力。
「十七歲是個好年紀哪。」我又說了一次，還有，「還有，我愛你。」
我愛你，我說，終於說，可是曹正彥沒有聽見，他醉透了。

隔天我醒來下樓時，曹正彥已經恢復了清醒，不但帶小老頭去散了步，甚至還陪媽媽去了趟菜市場回來；他穿的還是昨天的那套衣服，可是身上的酒臭味卻已經不見了。

我總是覺得他很神，真的很神。

『早啊。』

他微笑著向我打招呼，這是變成十七歲之後，曹正彥對我說的第一句話，在這樣的一個早晨裡，我們變成十七歲的第一個早晨裡；望著站在陽光裡微笑著向我打招呼的他、變成十七歲的他，我打從心底這麼想著，真的這麼想著：如果能夠這樣一直下去，就算沒有真正的戀愛關係也可以，是吧？是啊！

十七歲。

在我們十七歲那年的三月，孫燕姿發行了她的新專輯《未完成》，同時預告她將暫別歌壇的這個震撼彈；像個壞預兆似的，往後的我是這麼認為的，而當時的我，卻只覺得幸福，真的覺得幸福；春暖花開的三月，孫燕姿發行了她的新專輯，而期待了好久的畢業旅行也展開，三天兩夜的畢業旅行，地點是墾丁，住的是歐克山莊，四個人一間的小木屋，而曹正彥也有去。

在那次的畢業旅行裡，我終於親眼看到了想像中的愛河，雖然只是坐在遊覽車裡透過車窗匆匆一瞥，但……嗯。

明年生日一定要來愛河過！和曹正彥一起！閉上眼睛，我這麼許願著；張開眼睛，我要自己答應自己，如果明年的生日曹正彥問我想去哪裡，我一定要堅定的說出愛河，嗯。

曹正彥。

畢業旅行的第一晚，曹正彥來到我們房間敲門問我要不要去夜遊？只有我們兩個人嗎？這是我心底冒出的第一個疑問，因為我發現他身後也沒有蕭凱軒他們，我不知道他是沒找他們或者已經約好了在外頭等待？我不知道，也沒想要問，我擔心萬一問了之後結果是前者的話，那麼曹正彥會誤會我希望他們也一起去，於是我沒問，只是微笑的點頭，微笑的點頭，沒多說也沒多問，我發現每當面對曹正彥的邀約時，我總是只點頭，然後跟在他的身後走。

跟在他的身後走，在那幾年對我而言，是再真實不過的幸福。

曹正彥的來訪引來我們同室的同學們一陣騷動，有的趁這機會和他合照，有的希望能有他的手機號碼，而他一概沒有拒絕，反而是親切的配合，就像是個平易近人的明星似的，而確實在我們學校裡曹正彥真的是個明星似的學生沒錯。

『你是不是和我們小雨在交往啊？』

在離去的時候，有個同學忍不住的這麼問，而他沒有回答，只是微笑著揮手和她們道別；我覺得那個微笑代表肯定，我真覺得。

「去哪？」

我不解的望著曹正彥手上的車鑰匙。

『旭海，妳知道嗎？』

我搖頭。

『恆春的最南端，可以看到太平洋。』

「太平洋？」

『嗯，夜裡的太平洋，很美；被遺忘的海岸線，有人這樣形容那裡。』晃了晃手中的車鑰匙，他又說：『離這裡有點遠，妳要去嗎？』

「好啊。」

好啊。

旭海，被遺忘的海岸線，有夜裡的太平洋，很美，他說。

『沒想到原來只是個小漁村哪。』當我們終於來到旭海時，這是他開口的第一句話，『這是我爺爺出生的地方，大概是我們這個年紀吧、他跑過幾年的船，然後……』然後他欲言又止。

『那時候我很小，聽過就忘了，可是不知道為什麼，當我讀著村上春樹的《尋羊冒險記》時，旭海這地方突然又浮現了我的腦海，有機會的話一定要親自去看看這個叫做旭海的地方長得什麼模樣啊！』

「你讀村上春樹？」

『很久以前，還有最近。』

很久以前還有最近，他快速的說，快得像是希望我沒問那樣。

「那為什麼沒去呢？國中的畢業旅行也是來墾丁不是嗎？」

他苦笑，沒回答，於是我想我知道答案，張靖，那個後來他再也沒提起過的名字，張靖，再也沒提起過，卻依舊在他心底的名字，張靖；這個他有機會的話一定要親自去看看的地方，他想帶著張靖一起來，可是張靖沒去國中的畢業旅行，於是他打消了這個念頭，我猜。

「我也沒去國中的畢業旅行。」

『嗯？』

「那時候剛轉學過來，和班上的同學都不熟，所以就乾脆不去了。」

『到了。』

「嗯？」

『旭海。』

旭海，被遺忘的海岸線，海岸線邊是太平洋，而夜裡的太平洋很美；本來我以為我會因為害怕而忽略這美，因為這裡黑漆漆的幾乎沒有人煙，可是原來我不會，因為曹正彥就在我的身邊，每當他在我的身邊時，我總有種就算發生什麼事也不用怕的安全感。

安全感。

「好好哦。」

『嗯？』

「夜裡的太平洋，被遺忘的海岸線，好好哦。」

笑了笑，他說：『記不記得我們從日月潭回來的那次，本來以為可以看到藍色月亮，結果卻沒有的那次？』

「記得啊，去年我們的生日嘛。」

『在回來的車上，也是只有我們兩個，妳記得嗎？』

我記得。

『我那時候不是厚著臉皮要妳再為我說聲「好好哦」這三個字嗎？』

「不會厚臉皮——」

『但那時候其實我想說的是，妳可不可以給我一個擁抱？』

在旭海，在夜裡，在身邊，他說，他想要一個擁抱，在那時候，其實。『因為那時候的我，真的覺得很孤單。』
「那，現在的你呢？」
『嗯？』
「遲來的擁抱，可以嗎？」
『可以啊。』
可以啊，他說，在旭海，在夜裡，在身邊，他張開雙臂，他傾身，抱住我，然後，低頭，吻我。

第八章

不再

如果　你我之間　只剩下一分鐘的最後
那麼　我想要的　真只是一個擁抱而已
或許　如果可以　再下場雨　你愛的雨
為你　也為我

在雨中　這最後　我明白　打從心底明白
愛情　不是走了
卻是　曾經來過

之一
曹正彥

我愛小雨嗎？

在旭海的那個吻之後，這個問題每天每天的困擾我，困住我，而答案……答案卻是遲了幾年之後才昭然若揭。

才。

我們一直待在旭海的日出之後才離開，無論如何也想要看到旭海日出的這個堅持讓我們差點趕不上畢業旅行第二天的集合，不過還好的是最後總算是趕上了，趕上了集合以及第二天的行程，也趕上一整天裡每個人的流言蜚語、異樣眼神。

我沒想到這會引起軒然大波、關於我和小雨在旭海的夜遊，我本來只是想要去看看旭海、這樣而已，接著氣氛太好、我們決定待在旭海等待它的日出，於是整夜沒回飯店，真的只是這樣而已，只是單純的很想看看旭海的日出而已，本來。

本來。

第二天的晚上，蕭凱軒打開浴室的門對著蓮蓬頭底下的我喊著待會要去夜遊，在大坪頂，他說，還有大家一起，蕭凱軒說；當夜遊這兩個字從蕭凱軒嘴裡說出時，不知道為什麼、他臉上的表情讓我覺得很不舒服，那表情裡有個什麼讓我很不舒服；不過我終究還是把身體擦乾，然後和他一起走出飯店。

沒道理拒絕，我心想，雖然蕭凱軒的那個表情讓我有種風雨欲來的預感，但我到底還是決定假裝忽視這預感。

如果那晚我沒去的話呢？會不會一切就不一樣了？

夜遊。

當我們來到大坪頂時，他們已經點著火把圍成一圈的坐好，遠遠地我看見黑暗中的他們正抬著頭仰望著天空，本來我以為他們是在聊著藍色月亮，然而走近一聽才知道並不是。

『抬頭看見的第一顆星星就是北極星。』

小雨說，我聽見小雨說著昨天夜裡在旭海海邊我告訴她的這句話，而語氣是甜，當她說著這句話時。

『嘿！男主角來了。』

當我們走近時，蕭凱軒這麼對著大家喊著。

什麼男主角？我納悶。但我來不及納悶完，他們就一陣低語的嬉鬧，接著刻意地空出小雨身邊的位子讓我坐下；很奇怪的感覺，每當我們一群人出去的時候，坐在小雨身邊的人總是我，負責接送她的人也是我，確實總是我沒錯，no reason，自然得幾乎不需要理由，可是這一次，不知道為什麼這一次我卻覺得很彆扭。

太刻意了，我發現，他們太刻意了，刻意的矯情。

『來得正好！我們剛好在玩真心話大冒險。』

蟑螂說，懷抱著什麼目的似的說。

刻意。

『不要這樣啦。』

小雨說，小小聲的說，聲音小得幾乎聽不見。

『來啦！轉酒瓶啦！輪到你了，快！』

『轉個屁酒瓶啊！』蕭凱軒提高了音量否決了蟑螂的提議，『直接叫他講比較乾脆啦。』

「講什麼？」

『你們昨天去了什麼海一整夜哦？』

「旭海。」

被遺忘的海岸線，可以看見太平洋最美的模樣，我爺爺出生的故鄉，小小的漁村，還有個溫泉。在心底我補充了這一大堆，可是我想他們應該沒興趣聽，我想。

他們沒興趣聽，他們只忙著矯情：

『有那個嗎？』

『在海灘哦？』

『了不起吶！』

「現在是怎樣？」

垮了臉，我問。

『好了啦！就跟你們說不要講這個。』

『什麼不要講這個！』蕭凱軒也垮了臉，瞪了一眼試圖圓場的小雨，『你昨天把小雨帶出去一整夜，害她一整天都被同學八卦說不完，然後你現在倒是輕輕鬆鬆的五個字：不要講這個？』

「我們又沒怎樣，只是去看海而已。」

氣氛僵了下來，而至於蕭凱軒、完全不關他事情的蕭凱軒，則是吼了過來：

『曹正彥！』

『蕭凱軒……』

我看見小雨拉了拉蕭凱軒的衣角，不知道為什麼，這個畫面突然讓我覺得很火大，於是我火大挑釁：

「我們不也常兩個人喝整夜的酒打整夜的球，所以我們也應該有怎樣嗎？」

『我又不是張靖，或者那個耿耿。』

夠了！

「我要走了！」

『蕭凱軒！』

蕭凱軒不理會小雨，蕭凱軒也火大了的起身，喊住我：

『今天就講清楚，你愛小雨嗎？』

停下腳步，我聽見自己這麼回答：

「我沒想過這個問題。」

我沒想過這個問題，也沒想過小雨的感受，我……

『是因為張靖嗎？』

蟑螂問，聲音壓得低低的問，而所有人沉默，太長太久的沉默。

『可不可以……』在冗長的沉默之後，小雨開口：『不要每次都提起張靖？可以嗎？』

小雨說，話裡有失望，失望得每個人都聽見，於是我們才知道，原來小雨是有情緒。

『她已經離開了好嗎！她甚至沒提過我們幾次，為什麼每次每次我們都還是要提起她！她就這麼特別嗎！』

『小雨——』

甩開蕭凱軒的手，小雨轉頭凝望我：

『如果沒想過要喜歡我，那你為什麼吻我！』

丟下這句話之後，小雨離開，在大坪頂的夜裡，她受傷的背影刺痛了我的眼睛，還有心。

「我不知道……」我說，低聲的說，可是我不知道該向誰說。

小雨已經走了。

「我真的不知道，我當時只是……」

只是真的想吻她，單純的想吻她，這樣而已，我沒想過我愛不愛她，我知道我習慣了她的存在她的陪伴她的好好哦，我知道很多時候很多事情我第一個會想要找的人是她，我

——

我愛小雨嗎？

『明明愛著卻又不肯承認，這是最卑鄙的事情！』

最後，蕭凱軒說，在大坪頂的夜裡，被我弄壞的氣氛裡，他這麼說。

明明愛著卻又不肯承認，這是最卑鄙的事情。

我愛小雨嗎？

彷彿是個分界點似的，那個畢業旅行。

在那晚的不歡而散之後，蕭凱軒開始明顯的疏遠我，就算是在班上不小心的眼神交會、他也總是立刻別過頭去的漠視，明顯到只差沒把「曹正彥不要和我講話」這態度做成牌子掛在身上；我知道他什麼意思，他生我的氣，氣我傷小雨，很氣很氣，他還是站在小雨那邊的，他還是當年那個蹲在雨中的操場邊抽著菸問我怎麼追女生的蕭凱軒。他還是當年那個暗戀著小雨的蕭凱軒。

我愛小雨嗎？

每天我總想著要找個機會向小雨說清楚，或許是打個電話，或許就像以前那樣、連電話也不打的直接就上她家去，可是不知道為什麼、我總也只是想想而已，可能是真見到了小雨、我也不知道該說什麼、該怎麼說吧！

再說、小雨躲我也躲得夠明顯了。

我愛小雨嗎？

只剩下蟑螂了！我們那群朋友裡面、唯一還願意繼續和我當朋友的，只剩下蟑螂了。

『你現在下課都去哪？』

放學後，當我才收拾好書包、準備上補習班時，蟑螂跟了過來這麼問道。

「補習。」

『高餐？』

「嗯，想拚看看能不能應屆考上。」

『哪一科？』

「航空。」

『哦，那我也一起吧。』

「你也想當空少？」

『我長這樣不行的啦！中廚吧！我覺得廚師服還不錯看，而且學個專長也好，反正也不知道我能幹嘛。』

「呵。」

『蕭凱軒還在生氣哦？』

終於，蟑螂還是忍不住問了他真正關心的。

「大概吧。」

『你咧？』

「我什麼？」

『你也還在生氣嗎？』

「我有資格生氣嗎？」

『哦。』聳聳肩膀，蟑螂決定報告這陣子以來我已經不可能再知道、卻還在意著的他們：『他好像畢業後就要直接去當兵了。』

「哦。」

『然後退伍就過去中國幫他爸負責工廠。』

「中國？」

『嗯，這裡的產業沒落了，能走的都走了，不過去不行了，你們家不是開工廠的所以可能比較不會知道這個。』

那小雨她家呢？我想問，很想問，可是我開不了口問，沒有勇氣問；像是看破了我的為難那般，不等我問、蟑螂就直接說了：

『小雨她爸好像也過去了，還是正準備過去？不是前者就是後者，但反正兩者也差不多了。』

蟑螂……

「你為什麼還願意跟我做朋友呢？」

『可能是因為那年救了我的人是你吧。』

「呵。」

那麼，那年救了我的人呢？當我陷入自我厭惡的困境裡，把我救出來的人呢？

小雨。

我愛小雨嗎？

畢業典禮那天小雨並沒有來參加，聽說她臨時請了假，有事上台北去，什麼事？不知道。當我去到他們班找她時，蕭凱軒的女朋友這麼對我說。

「是不知道還是不想讓我知道呢？」

我想問，但結果我還是沒有問；自討沒趣，我心想。

是心電感應嗎？還是太了解我了呢？猜到畢業典禮結束之後我會鼓起勇氣去找她、所以乾脆請假徹底的避不見面嗎？在心底、我這麼自嘲著、苦笑著、無力著。

當典禮結束之後，才猶豫著要不要乾脆直接到小雨家道別時，結果卻在校門口遇見了蕭凱軒，不，更正確的說法是：在校門口，蕭凱軒喊住我。

『喲！』

「嘿！」

『要不要去打球？』

我以為我聽錯了。

『就像我們國中畢業典禮那天那樣，打撞球，不過這次我會讓你。』

「你怎麼？」

聳聳肩，眼前的這個蕭凱軒依舊是我記憶中的蕭凱軒，痞模痞樣的，我最好的朋友。

『聽蟑螂說你們明天就要到高雄了啊？』

「嗯呀，應該是拚不上的吧！乾脆直接到高雄最好的補習班去蹲半年，沒辦法，這三年、太混了啊。」

『你真的要唸我姐的那個學校？』

「嗯。」

『你真的要回家？』

嗯。

「我爸回來了，上星期。」

『我倒是收到兵單了，下星期剃光頭，真媽的有效率呀、區公所！』

「很性格嘛、光頭。」

『到時候換你的話、看你笑不笑得出來！』嘖了一聲，『有菸嗎？』

「有啊。」

有啊。

『本來想直接走掉的。』突然的、蕭凱軒說，『可是剛看到你的背影，不知道為什麼，突然改變決定。』

「嗯？」

『決定和你再當最後一天的朋友。』

最後一天的朋友，蕭凱軒說，很奇怪，這麼重的一句話，他為什麼能夠說得那麼輕鬆？

『以後、大家應該也不會再像以前那樣見面了吧。』

「總是有機會的吧？」

我說，試著想要有把握的說，可是結果卻不太成功。

『我們一起經歷了那麼多啊、我們。』

「嗯？」

『我們，我們三個人，你、我和小雨，還有偶爾的蟑螂。』

「……」

『你，為什麼不愛小雨？』

「我不知道。」我不愛小雨嗎？我不知道，真的不知道，我只知道——

「雖然她在的時候總也沒說上幾句話，可是很奇怪，當她一不在的時候，我還是會感覺到四周一下子空掉了，連空氣都被抽乾了那樣子的空掉。」

『我還是覺得你其實是愛小雨的，你知道嗎？』

「是愛嗎？還是習慣有她在？」

『是因為還愛著張靖吧？』

「不——」

打斷我，蕭凱軒說：

『很怪，我們明明才認識五年，可是感覺卻好像已經一輩子了哪！』

蕭凱軒決定他不想聽到這問題的答案，我心想；或許是因為他和我一樣，同時想到當時小雨的那句：不要每次都提起張靖？可以嗎？她已經離開了好嗎！她甚至沒提過我們幾次，為什麼每次每次我們都還是要提起她！她就這麼特別嗎！

是呀……是吧。

我不愛小雨嗎？

『我們一起經歷了那麼多哪！』回過神來，蕭凱軒又重複了一次這句話，然後聳聳肩，然後搖頭笑：『說出來不怕你笑我啊。』

「什麼？」

『我真的覺得小雨是個天使。』

「嗯？」

『不曉得，一直就這樣感覺，一直就想這麼說，但卻一直不知道該向誰說。』

我沒笑他。

天使……

是啊，是吧！

『對了，你那時候每次經過我身邊都故意把我褲子拉鍊拉下來然後塞個塑膠袋，這到底什麼意思啊？』

「沒什麼意思啊！好玩嘛。」

『白痴！那強姦地球咧？』

「你還記得這白痴東西？」

『廢話！被你唬得一楞一楞的咧！強姦地球，講得跟真的一樣，結果只是趴在柏油路上而已。』

「這樣就是強姦地球啦。」

『白痴！』

「還有裸泳也是啊！」

『真是夠了！明明不會游泳還硬要跳下水！小雨差點被你嚇死、那時候。』

「呵。」

『你太吃激將法了啊！』

「沒辦法啊，青春嘛。」

『青春哪。』重複著這三個字，蕭凱軒呢喃：『拚了命的想證明什麼的青春哪！』

「是啊，結果卻只證明我們真的青春過，呵。」
『這不是很悲哀嗎？』
這不是很悲哀嗎？

之二
蕭雨萱

我沒有去畢業典禮，雖然我本來是很想去的，因為聽蟑螂說隔天他就要和曹正彥南下了，而顯然從今而後我們幾乎不會再有見面的機會了，我們，不只是我們三個，還有我們大家；懷抱著想和他見最後一面、好好說聲再見的心情，無論如何也想的，可是在畢業典禮的前一晚，我接到華琳她媽媽打來的電話，晴天霹靂的電話。

華琳自殺了，在她們學校的畢業典禮那天，她一如往常的早起，卻反常的把房門反鎖，先是吞下大量的安眠藥，接著上吊自殺在房間裡面，安安靜靜的沒有任何聲音，也沒有留下遺書，更沒有任何的預兆，就這麼寂寞而安靜的把自己結束。

做給誰看呢？在阿姨幾乎崩潰的電話裡，我心想，憤怒的這麼想著，是的，憤怒。憤怒。

『……因為小琳的手機裡最後的來電是妳，所以妳會不會知道為什麼小琳要這樣？小雨、妳知不知道小琳怎麼了？為什麼她要想不開……』

我不知道華琳怎麼了，我只知道那已經是一年多以前的電話。

一年多，這一年多以來都沒有任何人打電話給她嗎？怎麼會呢？從什麼時候開始、她不再是我記憶裡的那個華琳了呢？她怎麼了？到底他媽的怎麼了！她怎麼可以這樣！她憑什麼！

無

。

解

華琳沒讓自己活到十八歲，而至於三年前我們的約定，我則是終於遵守了，遵守了，卻也太遲了。

華琳走了，不在乎了。

回台北。

十八歲那年，我和妹妹帶著小老頭搬到淡水的外婆家寄住，因為媽媽得陪著爸爸到中國去設工廠；因為產業沒落了，不外移不行了。爸爸說。家鄉老了，它給了我們這麼多，可是我們卻無能為力照顧它了，撐不下去了，凋零了。爸爸感慨。好像負心漢哪！我們這些子孫……感慨。

『這一走，還回得來嗎？』

在送爸爸和媽媽上飛機的那個下午，媽媽哽咽的這麼問，哽咽，但沒哭，媽媽的鼻頭都紅了，可是她還是強忍住沒哭，媽媽認為哭著上飛機很不祥，媽媽於是強忍住不哭；我當時覺得媽媽很迷信，我後來才明白媽媽原來是堅強。

十八歲那年我第一次度過只有我自己的生日，在淡水河畔的領事館，從前我和華琳總待著消磨時間的這家店，很久很久的從前，不會再有的從前；依舊是坐在可以眺望淡海的靠窗老位子，只是這一次，我的對面沒有誰了；在一個人的領事館，十八歲的這一天，我給自己點了杯從來就不喝的熱咖啡，為的是恭喜自己成年了，十八了。

不知道此時此刻的曹正彥在哪裡？正在做著什麼事呢？

把第一口熱咖啡送入嘴裡的時候，望著海、我恍恍惚惚的如此思考著，思念著；放下咖啡杯，我的手機同時響起，打來的人不是我思念的人，卻是蕭凱軒。

『嘿！生日快樂！』

這是他開口的第一句話，他沒忘記今天我生日，而和我同天生日的他，則好像是忘了。

「你還記得啊？」

『哪次忘記過了？』

也對。

「呵！咖啡很難喝哪！苦苦的。」

『啊？』

「咖啡，我正在喝咖啡。」笑了笑，我說：「沒辦法，太習慣你坐在我對面了，就忘記其實你現在是看不到我正在喝咖啡的。」

『妳白痴哦！很冷耶！』

「呵，你最近好嗎？」

很好啊！快下成功嶺了，很幹的抽到金馬獎，烈嶼妳聽過嗎？在小金門，而且還不是金門本島哦！真爽！我姐坐飛機帶團去歐洲，我則是坐軍機去撿炮灰；怕不怕？當然怕啊！不過怕的是被女朋友兵變，開玩笑的啦！哈哈哈！妳咧？有考上實踐嗎？恭喜吶！不過是吊車尾？哎喲那又怎樣啦！及格就好、滿分無聊啦！以後我們的結婚禮服就交給妳做啦！對啦！她懷孕了！——退伍我就是爸爸了！哈哈哈～～

在淡水的夕陽下，透過電話我們熱熱鬧鬧瞎聊著，聊我的新學校，聊他的大頭兵生活，什麼都聊，就是絕口不提曹正彥。

那年我們十八歲。

十八歲的那一年，我經常沒來由的感覺到疲累，眼皮很重，手腳無力；本來我以為是適應新生活的忙碌和壓力所導致，也可能是華琳的死痛擊了我的心情，只要用時間來調適就可以，可是後來情況不但沒有改善，反而越來越吃力，吃力得影響我的學業我的生活；我開始從下午就蹺課回家昏睡，懶洋洋的什麼事也不想做、沒有力氣做，連端起飯碗吃飯都嫌費力；一開始外婆以為我是卡到陰，於是她帶著我到各個廟宇收驚驅邪，可是我們走遍了所有的廟宇卻都不見起色，又氣又急的外婆開始放棄似的認為我其實只是發懶病；可是我自己知道並不是，我知道並不是但我也不知道究竟是怎麼了。

怎麼了？

接著是大一下，我的複視越來越嚴重，嚴重得幾乎連報告也沒辦法做，沒辦法，我只好先辦了休學，為了這次的休學，媽媽還特地放下新工廠的忙碌、抽空回來照顧我。

『可能是身體太虛了，營養不夠所以頭暈目眩。』

媽媽認為，然後每天每天的燉雞湯，一大早跑到市場去買現宰的雞然後花整下午的時間熬燉，是這樣子的花費力氣和時間，可是每天每天的我都沒有力氣吃。

怎麼了？

直到那一天，凱柔姐姐來台北探我的這一天。

『妳怎麼變成單眼皮了？』

才一見面，凱柔姐姐就驚呼。

「不曉得欸，最近常這樣，不過休息一下就會恢復了啦。」

『總覺得怪怪的啊……妳的臉、很僵，完全沒有任何表情耶！』傾身，凱柔姐姐像是正在研究什麼似的盯住我：『跟我有個同事滿像的，她是顏面神經失調。』
「那會好嗎？」
『會啊！看醫生吃個藥，大概半年就全痊癒了。』
「哦。」
『要記得去看醫生哦。』
「好啊。」
好啊，我說，接著話題就被轉到凱柔姐姐下個月的婚期；要嫁去上海，對方是長駐上海的英國人，在飛機上認識的，當時凱柔姐姐正帶著旅行團去歐洲，而對方休假回英國，然後……
『沒想到居然我會比我弟早結婚耶！真是太不可思議了！人生哪人生。』
「好好哦。」
當初那個深信不疑自己擁有吉普賽靈魂的凱柔姐姐，不想要安定、只想要流浪的凱柔姐姐……呵。
「婚禮在哪舉行啊？」
『我才不要什麼鬼婚禮咧！做作得要命！』雙手交叉在胸前的嘖了一聲，翻了翻白眼之後，凱柔姐姐繼續說著：『不辦鬼婚禮也不拍噁心婚紗照，就是去登記結婚，然後拎著一卡皮箱搬進去我老公家，酷吧？』

「呵！蕭爸會氣死吧？」

『哈！沒錯！蕭凱柔我婚前最後的叛逆哪～～哈！為這個、乾杯吧！』

乾杯。

可是我才一舉起咖啡杯卻又立刻放了下，沒力氣，我的手還是沒有什麼力氣。

『要記得去看醫生喏。』

把杯子裡的咖啡一口氣喝乾之後，凱柔姐姐又再一次的叮嚀。

「好啊。」

然而，當我終於去醫院檢查時，時序已經來到夏，是因為這個夏天爸媽一起回台灣，也是因為我一直沒有力氣，更是因為每次只消睡上一覺醒來就會好上許多、於是就這麼輕忽的敷衍著置之不理，只是……

『肌無力症。』

檢查報告出來的那一天，醫生說了這四個字：肌無力症。而我們的反應同是一頭的霧水。

『那是什麼？』

「是病嗎？」

『很嚴重嗎？』

『是種罕見疾病，情況不一定。』醫生說，『但終生不會痊癒。』

終生不會痊癒，醫生說。

十萬分之一的機會，這肌無力症。原因不明，只曉得是人體免疫功能的失調。

「會死嗎？」

我問。而醫生沒點頭也沒搖頭。

『不一定。』

醫生還是只肯說這三個字。

病的進度可能相當緩慢，這肌無力症。從開始有症狀要有幾年的時間才會有呼吸問題的出現，但有時候變化相當快，可能因為感冒就惡化到呼吸困難，呼吸肌無力而導致呼吸衰竭是這病致死的原因。

『在兩年內或兩年以上，漸進演變成重肌無力症。』

最後醫生這麼說，在爸媽驚慌失措的眼淚裡，醫生最後這麼說。

怎麼辦？

在接受這個事實之後，我只思考這個問題：我的人生，該怎麼辦？

不再問為什麼是我，只想著還能做什麼？在這生命的倒數。

我想為自己做一件事。然後，我這麼回答自己，以前從來不敢做，而以後，也可能沒機會再做的事。我心想。

愛河。

曹正彥。

藍色月亮。

二〇〇四年，7／31，我記得，我們的生日，我沒忘，從第一次聽他說起就一直沒有忘記過，這藍色月亮，見了就能幸福的藍色月亮。

以每天會定時吃藥為保證，在媽媽的憂心之下，我仍堅持獨自搭火車南下高雄、在我生日這天，看愛河，過生日，還有、等待藍色月亮，或者應該說是、幸福，或許只剩倒數的幸福。

於是我才發現，我以前竟從來沒有獨自搭過火車，在月台時，我驚訝的發現到這點；不，不只是這麼簡單的事情，還有更多更多的事，我都沒做過，沒有勇氣去做；媽媽把我們保護得太好了，好得我們習慣安逸，我心想，也感謝。

而今沒想到，生病卻反而令我想要勇敢。

勇敢。

搭上早晨第一班的自強號，我出發，在十九歲的生日這天；當火車駛出台北車站之後，我便睏得睡去，再醒來時，班車已經經過苗栗來到追分。

——追分火車站，不信妳去問，十五年前的夏天，有個小帥哥意外誕生在那裡。

轉頭我望著急速掠過的追分這兩個字時，心底我突然想起那年初認識的那天，曹正彥曾經說過的這往事，在野溪邊的烤肉，我記得；想了想，我決定還是撥出電話，他的電話，我從手機裡刪除掉、卻無法從記憶裡抹去的號碼，他的號碼。

無法。

電話才響沒幾聲立刻就被接起，接得太快，接得急迫，急迫得不似我記憶裡的他，那個總是自信滿滿的曹正彥。

『嘿！好久不見。』

而，這是他開口的第一句話，好久不見，彷彿這通電話為的只是把這四個字親口說出那般的，這、曹正彥說好久不見時的語氣。

是啊！我們曾經是每天見面的朋友，我們確實已經好久不見。

「呵，好久不見。」好久不見，我也說，「高雄的天氣好嗎？」

『陰天，怎麼問？』

「正好呢，我現在往高雄的火車上，正希望能看到雨天的愛河呢。」

『愛河？』

「嗯，愛河，我想去愛河看藍色月亮。」

『妳還記得啊？』

「從沒忘記過啊。」

『有約？』

「沒，就是單純的看看它，這樣而已。」

『這樣吧！我去接妳，陪妳去，如何？』

「你不用上課嗎？」

『說來話長啊。』

「呵，好啊。」

好啊。

高雄。

才一走出火車站，不遠處就有輛黑到發亮的方頭車猛按喇叭，同時我的手機響起曹正彥的來電。

『嘿！九點鐘方向，有台黑頭車，裡面坐了個壞人，他是妳今天的司機。』

九點鐘方向，黑頭車，打開車門，果真曹正彥就微笑著坐在駕駛座上。

「你買車啦？」

『我爸的，他回來了。』曹正彥說，然後不太適應似的轉頭直視著我：『妳是不是更瘦了？』

「好像是哦。」

而且我把頭髮留長了。

『而且頭髮留長了。』

「適合嗎？」

『好看哪！只是可能太習慣妳短髮的樣子了吧！這樣就不太孫燕姿了。』

是啊……

而我曾經真的以為，只要孫燕姿還唱著，我們就不會有分開的一天，曾經真的這麼固執的以為著呢。

曾經。

開車。

『但是為什麼要戴棒球帽呢？幾乎都看不見妳的臉了。』

在等待第一個紅燈時，曹正彥問。

因為不想讓你看見我僵硬的臉，你喜歡我的笑，我記得，可是我已經不再有力氣微笑了，而我不希望你發現哪。

「怕曬黑哪。」

『但今天是陰天哪。』

「不曉得會不會下雨呢……」

顧左右而言他的、我呢喃，而曹正彥沒起疑，他傾過身來從置物箱拿出一只精美的藍色方形紙盒，眼底閃著光亮的、他說：『生日快樂！』

打開這藍色方形紙盒，躍入我眼底的，是一只沉重的白金心形項鍊。

「你記得？」

『也記得妳很討厭黃金項鍊，可是黃金比銀值得呀、傻小雨。』

「呵。」

心形金項鍊，媽媽送我的十五歲生日禮物，我本來覺得很土很俗，為什麼不送銀項鍊呢？我當時心底還這麼埋怨著；但他卻說我戴起來很好看很適合，因為他的這句話，我於是貼身戴著，連洗澡也不取下的貼身戴著；心形金項鍊，在旭海的那晚不知怎麼遺失了。

宿命似的遺失了。

心形金項鍊，他記得。

『去年就買了打算送給妳的生日禮物、其實，只是……』只是當時我們沒了聯絡。

『差點就變成是送不出去的禮物呢！還好妳打電話給我了。』

「呵。」

『吃了嗎？』

我搖頭。

『那好，帶妳去很適合妳的咖啡館午餐，小王子的一些回憶，很可愛的一家店。』

「小王子的一些回憶？」

『嗯，小王子的一些回憶，離我家不遠，搬回家的那幾天，因為很無聊所以開著車亂繞發現的店，一開始先是被它的名字吸引，然後一走進去，不知道為什麼一走進去那裡我就直覺想起妳。』

「是去年生日那天嗎？」

『呵，還是被妳猜到啦？』他難為情的笑著，『那天我一個人坐在那裡喝咖啡，坐了一下午，想了很多事，整個下午都很想打電話給妳呢！』

「為什麼沒打？」

『怕妳不想接。』

直接了當的、他回答，然後我就笑了。

宿命，我心想。

我們同年同月同日生，我們前後來到了不屬於我們的地方，然後相遇，然後相識；我們一起度過了三年的生日，然而第一個分離的生日，卻依舊做著相同的事、想著同樣的回憶；在不同的地方，我們喝著相同的咖啡，望著各自的手機，我們同樣都膽怯。

宿命，我感慨。

『還好妳打電話給我了。』

他說，又重複了一次。
還好我打電話給你了。
還好。

小王子的一些回憶。
坐在靠窗的位子上，我們回憶起這一年多以來彼此遺落的點滴經歷。
曹正彥去年就考上高餐了、原來，沒想居然能夠應屆就考上，大概是面試加了不少分數的關係吧！他自嘲；而至於蟑螂則重考了半年才考上，在那半年裡蟑螂借住在他家，在那半年裡，蟑螂又換了新的女朋友；這方面他真是看不出來的厲害啊！曹正彥說。
『這時間他應該正穿著廚師服在切裡脊肉吧！』
「那你呢？不是應該在實習嗎？」
我問，而他黯淡了眼神，指著左手無名指間的新傷疤：
『出了一點事，現在休學中。』
「怎麼啦？」
『妳呢？過暑假？』
他不說，他反問；而我想了想，還是點點頭，然後低頭喝了一口熱咖啡。
我沒說謊，我心想，只是也沒說實話；好像之於對他的感情哪！沒說破過，卻也沒掩飾過。

「你真的沒有愛過我嗎？」

我想問，終於問，在這最後的機會裡，可是話才說到嘴邊卻被他打斷：

『我……也有女朋友了。』

我僵住，不太明顯，然後放下咖啡杯，抬起頭，我要自己這麼說：

「好好哦。」

好好哦。這些年對著他，我說過無數次的這三個字，只是這一次，我說得力不從心，口是心非的力不從心。

『是旅館科的學姐。』他沒看見我被壓低在帽簷下的失望，他繼續又說：『她……和妳很像，短頭髮，大眼睛，瘦瘦的，很……嗯。』把杯裡的咖啡喝乾，換上故作輕鬆的口吻之後，他才又說：『本來我還沒發現，是蟑螂告訴我的才曉得，真的很像——』

「交往多久啦？」

打斷他，我問。

『快一年。』

「走吧。」我不想聽了，我於是突兀的說，「去愛河等藍色月亮，我這次來的主要目的哪！」

『好吧。』

好吧。

愛河，黃昏中的愛河。

『愛河變漂亮了，整理過，煥然一新了。』

「嗯？」

『以前它很臭很髒，我剛認識它的時候。』

「凱柔姐姐也這麼說。」

『凱柔？』

「嗯，她現在嫁到上海去了，年初的時候吧、她來台北找我。」

沒辦婚禮也不拍婚紗照，凱柔姐姐宣稱這是她少女時期最後的叛逆。

『妳現在在台北？』

「嗯。」

『大家都離開了啊！那個我們最初認識的地方。』

「而蕭凱軒要當爸爸了哦！明年他就退伍了。」

『蕭凱軒……』他呢喃著，然後嘆口氣，然後苦笑了：『我是因為他於是認識妳，但也因為他……也因為他於是從來不去想我是不是愛著妳。』

「……」

『在墾丁的那晚，妳記得嗎？妳問如果不愛妳，為什麼要吻妳。』

「我——」

『和你們分開之後，我想了很多，想我們的事，想……』轉頭，凝望著我，在黃昏的愛河旁，他第一次把話說開來，決定把話說開來：『我是愛妳的，小雨，那幾年，我當然是愛妳的，我每天每天都想見妳、去見妳，我就是很喜歡看著妳，就是看著妳，只是看著妳，都能讓我有種很安心的幸福感。

『可是我那時候不知道，真的不知道，也沒想過要知道；太混亂了啊、那時候的我，不只是張靖的事情，更混亂的是蕭凱軒對妳的感情，「蕭凱軒喜歡的女生」這是我認識妳的第一個身分，一開始我是以這樣子的心情看待妳，可是後來……

『太早了，我們相遇得太早了。』他說，『這是對於我們之間，我最大的感觸。』最後，他這麼說。

「還是沒下雨呢。」吸了吸鼻子，我要自己試著開朗的說，「其實，我本來很討厭下雨的。」

我本來很討厭下雨的、其實，可是那一年，我唯一愛過的男孩對我說，他喜歡雨，雨能洗去一切的不開心和悲傷，他說；我是他的雨，他曾經這麼說。

「嘿！」
『嗯？』
「我這輩子只愛過你哦。」
我這輩子只愛過你哦。我說，然後張開手臂，不說愛，不遺憾，不怪命，不怨懟，只有，最後的心願。
「可以，給我一個擁抱嗎？在這裡，愛河邊。」
我問，微笑著問。
而我只是在想，如果我們之間，只剩下最後的一分鐘，那麼我想要的，真只是一個擁抱而已；最後的句點，這擁抱，最美的句點。
『好啊，當然好啊。』
他說，微笑著的。
而他的眼底有雨，雨在他的眼底是淚，雨在天空落下是上帝成全我的心願；感謝上帝，在這別離的最後，還是為我下了一場雨，他愛的雨，我們的雨；在雨中，這最後，我明白，真的明白，愛情不是走了，卻是曾經來過。
愛情來過，千真萬確。
「謝謝你。」
在他的懷抱裡，最後的雨裡，我聽見自己這麼說。

「謝謝你，給了我這麼美好的畫面。」
而畫面裡，有你，也有我。

最終章

七月最後那天　二〇〇四那年
傳說藍色月亮　見了愛就永恆
只是你我之間　走缺愛的起點

之一
曹正彥

「那是我最後一次見到小雨。」

回憶至此，我如此說道，而她看起來好像一點也不意外的樣子。

其實我也並不意外。

那天當我第一眼看到久違的小雨時，我就有了這樣子的預感：那會是我們最後一次的見面。因為小雨臉上的神情，那神情我曾經在蕭凱軒的臉上讀過，當他從背後喊住我，當他說要和我當最後一天的朋友時。

低頭我把杯子裡已經冷掉的咖啡喝乾，轉頭我望向窗外，夜又深了。

第七天。

自從她突兀的來了電話約我見面的那天開始，我們有種不用開口確認的默契是，每天的下午三點鐘，我們會不約而同的來到這「N.Y Bagle」，喝大量的咖啡，消耗過量的香菸，聊起滿溢的回憶；我不太確定我們這樣算不算是朋友？我其實後來明白很多關係它並不需要名詞的解釋。

就像我和小雨。
小雨。
第一天以及最後一天的戀人。
在那天的擁抱之後，我半開玩笑的對小雨如此說道，話才一說完我立刻就後悔，因為才想到她可能會覺得輕浮或者不舒服，可是小雨沒有，她的反應是淺淺的笑，笑得寬容，是的，寬容。
『真的很希望能夠親眼看到藍色月亮哪。』
當時的小雨接著這麼低語，於是我念頭一轉，很神經的立刻跑去文具店買了藍色玻璃紙，就這麼依偎著頭輕靠著頭，望著只出現在我們眼前的藍色月亮。
「很神經，真的很神經，可是真的，在那一分鐘左右的時間，和小雨望著專屬於我們的藍色月亮時，我真的感覺到幸福，安心而又寧靜的幸福。」
於是我才明白，原來幸福太抽象，看不見也摸不到，可是在那一分鐘裡，在那藍色月亮上，幸福被我們具體化。
「後來我就來到台北了。」
『因為小雨嗎？』
「可以這麼說，但並不完全是。」

那時候我休學，原因是打架，在一場非正式的球賽裡，看不慣對方的挑釁而帶頭打起群架，往後回想當然是很幼稚不值得，可是在當下我真的很不爽，很不爽，隨手抄起球棒走向那個挑釁者，從言語衝突變成了大打群架，對方被揍得進到醫院住進加護病房，而我則被送進警察局做筆錄錄口供；後來父親拿出兩百萬和對方和解，而我則是以暫時休學向學校妥協。

「離開學校的那天，同學們還幫我辦了場送別會，大家都哭了，我們感情很好，很捨不得。」

『那是你後來改變的原因嗎？』

「很遺憾的，並不是。」

那時候我休學在家無所事事，那時候爺爺已經退隱江湖不問是非，那時候父親不再碰觸毒品而是把重心放在工程圍標，賺了不少錢，賺了很多錢，而，那時候的我，其實很心動。

對於父親要我繼承家族的提議，很心動。

直到有一天，我和幾個兄弟在夜店喝酒，然後被挑釁，很尋常的言語挑釁、酒後鬧事，沒問題，問題出在於對方有人掏出了槍抵住我的額頭，可能只是想示威或者醉過了頭的想炫耀他有槍吧！我想；後來店家老闆出面緩頰，說了幾句話，請了幾杯酒，要了幾分人情，就這麼大事化小的落幕。

本來是該就這麼落幕的，本來。

那天回家之後，我沒多想的直接回房間睡覺，可是其中有個弟兄卻打了電話給父親報告這事；隔天晚上父親要我陪他出門，沒說為什麼？去哪裡？只交代他們記得開三台車；半個小時左右吧！我們在一戶透天厝前停車，接著幾個人下車，沒多久、前晚掏槍的那張臉出現在車窗外，轉頭父親問我是不是這個人？我沒多想的點了頭，才想問些什麼時，父親就開口了：

『沒有人可以拿槍指著我兒子。』然後：『送進太平洋。』

然後我看見他被送上中間那台車，從頭到尾他都是一副不曉得發生什麼事的慌張表情，接著我們原車回家，而至於那台車則是到了清晨才回來、我記得，因為我整夜沒睡；車上乾乾淨淨的，沒留下任何證據，乾淨得好像什麼事也沒發生過那樣。

我從頭到尾沒下車也沒開口說過一句話，可是卻有一個人因此而失去性命，起因甚至只是一場無聊的挑釁。這是我當時最大的震驚；我不覺得他該死，真的不覺得；我回想起那次我和蟑螂對那個耿耿做的事情，於是我恍然明白，原來在別人眼底，我是什麼模樣。

「那是第一次，我害怕我身體裡的遺傳因子。」

該離開了，我心想。

我想離開可是卻又茫然無措，接著在那陣子小雨打電話給我，就是我們最後見面那次；很奇怪，在小王子的一些回憶裡，和小雨待在一起時，我緊繃了好久的神經終於因此而得到救贖；最後送小雨上火車之後，我打了電話給蟑螂，問他哥哥是不是還在台北當唱片公司的宣傳？接著隔天，我收拾了簡單的行李把車開往台北，經過中部的時候，我把車轉了方向，是為了拜訪小姑姑，也是為了向她說聲謝謝，那幾年，真的很謝謝她，謝謝她帶走我，謝謝她保護我，謝謝她寬容我。

謝謝。

後來的事妳知道了，我埋葬過去，進了唱片公司工作，經過一定程度的努力，還有若干程度的機靈，我為自己得到個厲害的辦公室，有個厲害的名片title，往來厲害的名人，過著我以前從來沒想過的生活，我很滿意這樣的生活，花的是我自己賺的錢，做我自己喜歡的唱片，很乾淨，而且問心無愧。

本來我以為可以遇見小雨的，在台北的某個地方，或許是便利商店，或許是街角的咖啡店，可是沒有，從來沒有；我沒再遇見過小雨，就是連她的電話也變成是蕭凱軒使用了，我不明白怎麼了，而且蕭凱軒也不肯說，他是知道什麼的，可是他不肯說；在電話裡他只肯告訴我，小雨沒去參加他的婚禮，而是親口說了恭喜，然後把手機還給了他，連同孫燕姿重回歌壇的那張同名專輯，還附了小卡片，卡片上寫著「專輯裡的〈我也很想他〉這首歌很好聽」。

就這樣。

「所以呢？小雨呢？」

捻熄了香菸，她沒回答我，她只是指著這七天來一直就擱在桌上卻從沒打開的方形紙盒，然後說：

『小雨也寫了張卡片給你，我本來猶豫著要不要轉交給你，不過……』

接過她從桌面遞來的紙盒，紙盒裡是孫燕姿最新的專輯，以及那年我送給小雨的心形項鍊，心形項鍊被保存得很好，心形項鍊的背面多刻了我們的名字還有我們的生日；除此之外還有一張小卡片，她說的小卡片，上頭寫著：

> 直到這首歌的時候，我還是愛著你的

「哪首歌？」

在哽咽裡，我問。

『我懷念的。』

> 假裝了解是怕真相太赤裸裸　狼狽比失去難受
> 我懷念的　是無話不說　我懷念的　是一起作夢

我懷念的　是爭吵以後還有想要愛你的衝動
我記得那年生日　也記得那一首歌
記得那片星空　最緊的右手　最暖的胸口
誰記得　誰忘了

詞／姚若龍　曲／李偲菘

我讀完了歌詞，也看見了我的眼淚滴落在歌詞上面，那是今年三月的專輯，我記得。

之二
蕭雨萱

那是今年三月的專輯，也是小雨最後聽到的歌曲：我懷念的。

在孫燕姿的歌聲裡，小雨安祥的沒了呼吸，永恆的睡去；這是她的遺願：讓她在這首歌裡睡於永恆，還有、代她見曹正彥一面。

從最初　到最後　的他
還有　別告訴他

軟弱著手指、小雨吃力的寫下這兩行字，慢慢慢慢的一筆一劃，用最後的力氣，寫下她最後的心願。

那時候的小雨已經不能夠說話了，可是比起在病床邊的我們，她反而顯得勇敢，好像生病的人是我們，而不是她。

勇敢。

『如果每個人都一直活著的話，這個世界大概會變得很傷腦筋吧。』

這是小雨還能說話時，她最後的一句話，不似安慰、倒像解釋，不像她的年紀會有的寬容；生病反而使她勇敢，我想她說的沒錯。

大概是被小雨影響了吧！我開始也習慣以孫燕姿的專輯記憶我們之間的相遇，還有小雨的一生。

正如他的記憶所及，他們在二〇〇四那年、七月最後一天見面，見最後一面，接著那年十月，蕭凱軒退伍並且準備結婚，他第一個打電話通知的人是小雨，而他也是小雨唯一透露病情的朋友；小雨沒去參加他的婚禮，是因為當時的她身體已經禁不起長途奔波的風險，不過小雨還是和他見了一面。

『畢竟是我最重要的朋友哪！』

小雨說，那是我認識小雨以來，她難得落淚的一次。

蕭凱軒到台北找小雨，他們沒去太遠的地方，幾乎都陪著小雨待在家裡，聊天敘舊，有時候小雨睏了累了，他就這麼靜靜的待著陪著。

『可能有趁我睡覺的時候偷哭吧。』

小雨笑著說，笑得寬容，也笑得懷念。

那是他們最後一次的見面，因為蕭凱軒要去中國工作的關係，也是因為這是小雨的要求。

『就記住我現在的樣子吧！現在看起來還不錯的樣子。』

而蕭凱軒點頭，沒有說話，是因為泣不成聲。

『還有，手機還給你，免得哪天被你發現我一直睡著了。』

希望他們誤會自己一直好好的活著，這是小雨對蕭凱軒最後的任性，還有：

『給我一個擁抱好嗎？因為我以後可能沒有力氣擁抱了。』

那是他們最後一次的見面，蕭凱軒依照約定沒再去找小雨，也依照約定不對其他朋友說起，卻不定時的會寄自拍的家庭ＤＶ給小雨；只要蕭凱軒回台灣的日子，他就會找朋友見面，還有攝影，ＤＶ裡有他還有他們的朋友，朋友們不曉得為什麼要這樣，他們以為那只是蕭凱軒當了爸爸之後迷上攝影，這樣而已；在ＤＶ的最後，蕭凱軒總會躲進房間裡錄著他自己想對小雨說的話，大多數是問候的話，有時候是他敘述自己幫小雨捏造了什麼什麼的經歷、每當朋友問起小雨時，小雨戀愛啦小雨失戀啦小雨變胖啦小雨當設計師囉……諸如此類。

小雨覺得他這個舉動很可愛。

最重要的朋友，小雨的蕭凱軒；沒有愛情，只有感情。

接著隔年夏天，小雨病情惡化，中度全身型肌無力，醫生是這麼診斷的；她的家人於是決定讓小雨住進醫院裡，而那正是我遇見小雨的地方，因為重度躁鬱症而住院治療的我；一開始我以為這個瘦小的女生是義工，因為她經常在醫院裡幫助別的病人、只要她還能動的時候。

『以前我只為自己而活，學我自己喜歡的服裝設計，愛我自己想愛的男生；可是現在躺在病床之後，我反而才發現，我好像沒有為這個世界做過什麼有幫助的事情，感覺好丟臉喏。』

那時候的小雨常常跑來我的病床旁邊自顧的說話，緩慢的說話，說她的病，聊她的朋友，尤其是曹正彥；也不在乎我的漠視我的毫不搭理以及我有時候的失控尖叫。

直到秋天吧、大概，小雨的妹妹到醫院為她送來孫燕姿最新的專輯，而〈雨天〉這首歌，是我開口和她說話的最初，或者應該說是，我終於肯讓自己說話的開始；感謝她的陪伴，我慢慢慢慢走出躁鬱，只是……嗯。

然後是今年……

今年七月，小雨長眠。

凝望著他滴落在歌詞上的眼淚，我在腦海裡迅速略過這些畫面，有一度我真的很想據實以告，真的認為他是有權利知道真相的，他畢竟是小雨至死都愛的男人，可是……可是凝望著他的眼淚，我發現我開不了口，我不忍心，於是我才發現，以前的我從來不會不忍心，而小雨改變了我，不是她的病痛，也非她的早逝，卻是她的善良，和寬容。

「其實……」清了清喉嚨，我要自己改變話題，我不知道會不會能不能成功，因為這七天的相處下來，我發現他比我想像中的還要聰明，「其實這是我最後一天到這裡來。」

其實我本來只打算見他一個下午而已的，那第一個下午。

『嗯？』

「總得找點什麼事情做，每天這樣喝咖啡殺時間，恐怕不會是什麼好人生。」

『呵。』

他禮貌性的笑了笑，我看出他其實發現我的話題移轉，他其實還在等待我的答案——所以呢？小雨呢？的答案，可是他沒再追問，他紳士，他聰明；而且很奇怪的是，我竟有種他其實已經猜到了的錯覺。

『打算重新拍片嗎？』

「沒有拍片計畫。」

我快快的說，然後我們相視而笑；那是我們第一次見面時的話題，不過是七天之前，可感覺卻好像已經一輩子了。

「很好笑，」捻熄了菸，我感慨：「那些年我賺了很多錢，簡直比睡覺還容易、這賺錢，可是我沒怎麼花，沒時間花，也沒必要花，因為什麼都有人贊助；相信嗎？任何東西都有人贊助，搶著贊助，任何東西。」

『沒道理不相信哪！』他溫柔的笑著，『因為妳是洛希哪！』

「呵。」

我以前是洛希，而現在，我只是洛希了。

「那些年賺的錢就這麼閒置著直到我崩潰之後才派上用場，把住院的費用付清之後，剩下的錢或許就用來開個咖啡館吧。」

『不賴嘛。』

老老舊舊的咖啡館，我想像，有著歲月的味道，我希望。

坐落在巷子裡，小小的沒招牌的咖啡館，我的咖啡館，不起眼得就像是個飄著咖啡香味的尋常住家，或許兼著也賣酒吧！我打算；大門會是沉重的木頭材質，很大的吧台會是推開門之後的第一個重點，因為它會佔了咖啡館一半以上的空間，吧台前會放著由世界各地收集來的咖啡豆，我不會太用心整理它們，我知道；咖啡機會有兩台，一台義式一台虹吸，討厭的客人用前者，順眼的用後者；桌子不打算擺太多，頂多五張吧、我琢磨，最大的四人座最小的兩人座；不禁菸，當然不禁菸，不禁菸也不擺放書報雜誌，我討厭太過現實意味的書報雜誌，我受夠了資訊爆炸的生活，我並且很不耐煩時效性太短的書報雜誌；音樂會是西洋老歌，客人最好識相點不要太吵，因為我會很不高興。

『不賴。』聽完我計畫中的咖啡館之後，他又重複了一次，而這次他坐直了身體，熱切的問：『要取什麼名字？這咖啡館？』

「不取名字，」不取名字，當然不取名字，我討厭有名字的咖啡館，尤其是連鎖的那些；「隨便來的人愛怎麼叫它就怎麼叫。」

『正點。』把刻有他們名字的項鍊緊握在手心裡，他提議：『這樣吧！每天的第一杯咖啡賣給我，好嗎？』

「直到什麼時候？」

『直到我和自己和好為止。』

「不賴。」

『是啊。』

望著他緊握的手心，我說：「雨天就免費吧。」

『為什麼？』

「因為雨天還出門喝咖啡，太寂寞了啊。」

The end

後記
寫在擁抱之後

某種程度上延續了《缺》的風格，某種程度上又做了若干的改變，是這樣子的一個想法；也於是在決定好書名及故事的大概之後，我預先給自己半年的時間寫它，半年，或許更久，緩慢且毫不焦慮的那種。

一開始我只是想寫一個在學生時代耀眼風光、然而長大之後卻平凡了的男人，我身邊有過幾個這樣的人，無論是朋友、或者朋友的朋友，甚至是我愛過的人；說不上是因為哪個事件開始，我好奇他們會怎麼看待這些經過還有改變，我於是和他們做了很多的談話，找了很多的資料，消耗掉大量的車程往返及咖啡；然而我並不這麼直接問對方，我只是坐在對面，然後傾聽，然後感受，每當結束一段長談之後，故事的原貌就重新融合然後重寫一遍，是這樣的一個小心翼翼。

這對我而言是個很大的改變，因為一直以來我的文字是自我且霸道的，我甚至不認為自己需要別人的故事，我有自己的方式，而那方式支撐了我六、七年來的寫作生活，並且還會繼續接下來的六、七年；只是不知道為什麼，這本《擁抱》我想要這麼嘗試它，我猜我把哥哥的名字用進書裡大概是個重要的因素。

我並不曉得這本擁抱能不能成為我期望的某個什麼，某個我一直想要寫出的愛情經典，經典到往後別人只記得這本書卻忘記是誰寫它；只是，雖然打從心底是這麼期望著並且努力著，不過另一方面卻也深深明白著，它可能也只變成是我作品集裡的其中之一；不過沒有所謂，因為這就是所謂的人生，及寫作。

追求，但不強求。

努力，然後接受。

橘子，2007

橘子：欠在《我想要的，只是一個擁抱而已》裡的，我就還在這裡了。

當悲傷需要節制，是一件令人悲哀的事。
抬頭，我看著他的臉，筆直的凝望進他的眼，
這個我愛了好久的男人，這個我愛了太久的男人，
我看過他驕傲，也看過他軟弱，我看過他的悲喜，
也看過他被徹底擊垮，
而此時我看著他，卻突然覺得，我再也看不懂他了。
我彷彿看見未來一分為二：
一個點頭一個起身，兩個全然不同的未來。
有一半的我是起身離開，然後我們就此陌路，繼續陌路；
而另一半的我們重新走回那場被突然中斷的愛情裡，
他不再是當初那個破碎的他，他重新堅強了起來，
他甚至完整了出來。
那我呢？
我厭倦了我必須為了他勇敢的人。

國家圖書館出版品預行編目資料

我想要的，只是一個擁抱而已/橘子著.--初版.--臺北市：皇冠. 2014.11
面；公分（皇冠叢書；第4431種）
（橘子作品；02）
ISBN 978-957-33-3115-5（平裝）

857.7　　103020349

皇冠叢書第4431種
橘子作品 02

我想要的，只是一個擁抱而已（全新版）

作　　者—橘子
發 行 人—平雲
出版發行—皇冠文化出版有限公司
台北市敦化北路120巷50號
電話◎02-27168888
郵撥帳號◎15261516號
皇冠出版社(香港)有限公司
香港上環文咸東街50號寶恒商業中心
23樓2301-3室
電話◎2529-1778　傳真◎2527-0904
責任主編—龔橞甄
責任編輯—許婷婷
美術編輯—程郁婷
著作完成日期—2014年9月
初版一刷日期—2014年11月

法律顧問—王惠光律師

讀者服務傳真專線◎02-27150507
電腦編號◎550002
ISBN◎978-957-33-3115-5
Printed in Taiwan
本書定價◎新台幣220元/港幣73元

皇冠60週年回饋讀者大抽獎！
600,000現金等你來拿！

參加辦法 即日起凡購買皇冠文化出版有限公司、平安文化有限公司、平裝本出版有限公司2014年一整年內所出版之新書，集滿書內後扉頁所附活動印花5枚，貼在活動專用回函上寄回本公司，即可參加最高獎金新台幣60萬元的回饋大抽獎，並可免費兌換精美贈品！

●有部分新書恕未配合，請以各書書封（書腰）上的標示以及書內後扉頁是否附有活動說明和活動印花為準。
●活動注意事項請參見本扉頁最後一頁。

活動期間 寄送回函有效期自即日起至2015年1月31日截止（以郵戳為憑）。

得獎公佈 本公司將於2015年2月10日於皇冠書坊舉行公開儀式抽出幸運讀者，得獎名單則將於2015年2月17日前公佈在「皇冠讀樂網」上，並另以電話或e-mail通知得獎人。

抽獎獎項

60週年紀念大獎1名：獨得現金新台幣60萬元整。

●獎金將開立即期支票支付。得獎者須依法扣繳10%機會中獎所得稅。●得獎者須本人親自至本公司領獎，並於領獎時提供相關購書發票證明（發票上須註明購買書名）。

讀家紀念獎5名：每名各得《哈利波特》傳家紀念版一套，價值3,888元。

經典紀念獎10名：每名各得《張愛玲典藏全集》精裝版一套，價值4,699元。

行旅紀念獎20名：每名各得 deseño New Legend尊爵傳奇28吋行李箱一個，價值5,280元。

●獎品以實物為準，顏色隨機出貨，恕不提供挑色。
●deseño 尊爵系列，採用質感金屬紋理，並搭配多功能收納內襯，品味及性能兼具。

時尚紀念獎30名：每名各得 deseño Macaron糖心誘惑20吋行李箱一個，價值3,380元。

●獎品以實物為準，顏色隨機出貨，恕不提供挑色。
●deseño 跳脫傳統包袱，將行李箱注入活潑色調與簡約大方的元素，讓旅行的快樂不再那麼單純！

詳細活動辦法請參見
www.crown.com.tw/60th

主辦：皇冠文化出版有限公司
協辦：平安文化有限公司
平裝本出版有限公司

慶祝皇冠60週年，集滿5枚活動印花，即可免費兌換精美贈品！

參加辦法 即日起凡購買皇冠文化出版有限公司、平安文化有限公司、平裝本出版有限公司2014年一整年內所出版之新書，集滿**本頁右下角**活動印花5枚，貼在活動專用回函上寄回本公司，即可免費兌換精美贈品，還可參加最高獎金新台幣60萬元的回饋大抽獎！

●贈品剩餘數量請參考本活動官網（每週一固定更新）。●有部分新書恕未配合，請以各書書封（書腰）上的標示以及書內後扉頁是否附有活動說明和活動印花為準。●活動注意事項請參見本扉頁最後一頁。

活動期間 寄送回函有效期自即日起至2015年1月31日截止（以郵戳為憑）。

贈品寄送 2014年2月28日以前寄回回函的讀者，本公司將於3月1日起陸續寄出兌換的贈品；3月1日以後寄回回函的讀者，本公司則將於收到回函後14個工作天內寄出兌換的贈品。

●所有贈品數量有限，送完為止，請讀者務必填寫兌換優先順序，如遇贈品兌換完畢，本公司將依優先順序予以遞換。●如贈品兌換完畢，本公司有權更換其他贈品或停止兌換活動（請以本活動官網上的公告為準），但讀者寄回回函仍可參加抽獎活動。

兌換贈品

●圖為合成示意圖，贈品以實物為準。

A 名家金句紙膠帶

包含張愛玲「我們回不去了」、張小嫻「世上最遙遠的距離」、瓊瑤「我是一片雲」，作家親筆筆跡，三捲一組，每捲寬1.8cm、長10米，採用不殘膠環保材質，限量1000組。

B 名家手稿資料夾

包含張愛玲、三毛、瓊瑤、侯文詠、張曼娟、小野等名家手稿，六個一組，單層A4尺寸，環保PP材質，限量800組。

C 張愛玲繪圖手提書袋

H35cm×W25cm，棉布材質，限量500個。

詳細活動辦法請參見
www.crown.com.tw/60th

主辦：皇冠文化出版有限公司
協辦：平安文化有限公司 平裝本出版有限公司

60 印花

皇冠60週年集點暨抽獎活動專用回函

請將5枚印花剪下後，依序貼在下方的空格內，並填寫您的兌換優先順序，即可免費兌換贈品和參加最高獎金新台幣60萬元的回饋大抽獎。如遇贈品兌換完畢，我們將會依照您的優先順序遞換贈品。

●贈品剩餘數量請參考本活動官網（每週一固定更新）。所有贈品數量有限，送完為止。如贈品兌換完畢，本公司有權更換其他贈品或停止兌換活動（請以本活動官網上的公告為準），但讀者寄回回函仍可參加抽獎活動。

1. ________ 2. ________ 3. ________

●請依您的兌換優先順序填寫所欲兌換贈品的英文字母代號。

1 2 3 4 5

□（**必須打勾始生效**）本人________（**請簽名，必須簽名始生效**）同意皇冠60週年集點暨抽獎活動辦法和注意事項之各項規定，本人並同意皇冠文化集團得使用以下本人之個人資料建立該公司之讀者資料庫，以便寄送新書和活動相關資訊。

我的基本資料

姓名：________

出生：____年____月____日　性別：□男　□女

身分證字號：________（僅限抽獎核對身分使用）

職業：□學生　□軍公教　□工　□商　□服務業

□家管　□自由業　□其他

地址：□□□□□ ________

____

電話：（家）________　（公司）________

手機：________

e-mail：________

□我不願意收到皇冠文化集團的新書、活動edm或電子報。

●您所填寫之個人資料，依個人資料保護法之規定，本公司將對您的個人資料予以保密，並採取必要之安全措施以免資料外洩。本公司將使用您的個人資料建立讀者資料庫，做為寄送新書或活動相關資訊，以及與讀者連繫之用。您對於您的個人資料可隨時查詢、補充、更正，並得要求將您的個人資料刪除或停止使用。

皇冠60週年集點暨抽獎活動注意事項

1. 本活動僅限居住在台灣地區的讀者參加。皇冠文化集團和協力廠商、經銷商之所有員工及其親屬均不得參加本活動，否則如經查證屬實，即取消得獎資格，並應無條件繳回所有獎金和獎品。
2. 每位讀者兌換贈品的數量不限，但抽獎活動每位讀者以得一個獎項為限（以價值最高的獎品為準）。
3. 所有兌換贈品、抽獎獎品均不得要求更換、折兌現金或轉讓得獎資格。所有兌換贈品、抽獎獎品之規格、外觀均以實物為準，本公司保留更換其他贈品或獎品之權利。
4. 兌換贈品和參加抽獎的讀者請務必填寫真實姓名和正確聯絡資料，如填寫不實或資料不正確導致郵寄退件，即視同自動放棄兌換贈品，不再予以補寄；如本公司於得獎名單公佈後10日內無法聯絡上得獎者，即視同自動放棄得獎資格，本公司並得另行抽出得獎者遞補。
5. 60週年紀念大獎（獎金新台幣60萬元）之得獎者，須依法扣繳10%機會中獎所得稅。得獎者須本人親自至本公司領獎，並提供個人身分證明文件和相關購書發票（發票上須註明購買書名），經驗證無誤後方可領取獎金。無購書發票或發票上未註明購買書名者即視同自動放棄得獎資格，不得異議。
6. 抽獎活動之Deseno行李箱將由Deseno公司負責出貨，本公司無須另行徵求得獎者同意，即可將得獎者個人資料提供給Deseno公司寄送獎品。Deseno公司將於得獎名單公布後30個工作天內將獎品寄送至得獎者回函上所填寫之地址。
7. 讀者郵寄專用回函參加本活動須自行負擔郵資，如回函於郵寄過程中毀損或遺失，即喪失兌換贈品和參加抽獎的資格，本公司不會給予任何補償。
8. 兌換贈品均為限量之非賣品，受著作權法保護，嚴禁轉售。
9. 參加本活動之回函如所貼印花不足或填寫資料不全，即視同自動放棄兌換贈品和參加抽獎資格，本公司不會主動通知或退件。
10. 主辦單位保留修改本活動內容和辦法的權力。

寄件人：

地址：□□□□□

請貼郵票

10547 台北市敦化北路120巷50號

皇冠文化出版有限公司　收